BOY 21

[美]马修·奎克 ◎ 著 MATTHEW QUICK　　　刘国伟 ◎ 译

21号男孩

百花洲文艺出版社
BAIHUAZHOU LITERATURE AND ART PRESS

图书在版编目（CIP）数据

21号男孩 / (美) 奎克著; 刘国伟译. —— 南昌：百花洲文艺出版社，2015.11
ISBN 978-7-5500-1566-1

Ⅰ.①2… Ⅱ.①奎… ②刘… Ⅲ.①长篇小说－美国－现代 Ⅳ.①I712.45

中国版本图书馆CIP数据核字（2015）第260822号

江西省版权局著作权登记号：14-2015-0325

BOY 21
Copyright © 2012 by Matthew Quick
Published in agreement with Sterling Lord Literistic,
through The Grayhawk Agency.
Simplified Chinese translation copright © 2016
by Beijing Ruyixinxin Cultural Development Co.,Ltd.
ALL RIGHTS RESERVED

21号男孩

〔美〕马修·奎克　著　刘国伟　译

出 版 人	姚雪雪		出 品 人	柯利明　林苑中
特约监制	苏 辛 夏 莱		责任编辑	游灵通　黎紫薇
特约编辑	弓迎春		营销统筹	蕊 蕊
营销推广	陈 晨		责任印制	张军伟
封面设计	红 竹			

出 版 者　百花洲文艺出版社
社　　址　南昌市红谷滩世贸路898号博能中心20楼　　　邮编：330038
电　　话　0791-86895108（发行热线）　　　0791-86894790（编辑热线）
网　　址　http://www.bhzwy.com
经　　销　全国新华书店
印　　刷　北京兴湘印务有限公司
开　　本　1/32　　880mm×1230mm
印　　张　8　　　　　　　　　　　　　字　　数　200千字
版　　次　2016年3月第1版　　　　　　　印　　次　2016年3月第1次印刷
定　　价　32.00元
ISBN 978-7-5500-1566-1

献给我所有同父异母的兄弟

序　言

有时候，我会自认为，在我家后院投篮，是我最早的记忆。

我那时只是个小孩子，爸爸就把那些小一点儿的篮球给了我一个，还把可以调节的篮筐调低了。他让我投篮，一直投到连续进 100 个球为止。这似乎是不可能的。然后，他就回到屋里去照顾我爷爷了。我爷爷最近才从医院回来，腿没了，手里抓着我去世奶奶的玫瑰经念珠。在很长一段时间里，我们的屋子里寂静无声。我知道我妈妈还没回来，但我不愿意去想发生了什么事情。于是，我就照着爸爸的吩咐做了。

虽然篮筐已经被调低了，可刚开始，我投篮还是连篮筐都碰不到。我投了好一阵子，投得脖子因为仰望都僵了，投得大汗淋漓。等太阳落山了，爸爸打开了照明灯。我继续投篮，因为和进去听爷爷的哭叫、呻吟比起来，投篮要好一点儿。再说了，投篮是爸爸让我做的。

在我的记忆里，我整夜都在投篮,几天、几星期、几个月都不停。我甚至不会暂停一下，去吃饭、睡觉或洗澡。我只是不停地投篮，头昏脑涨，觉得我再也不会回到我家屋子里去了。如果真能那样，那么在我开始投篮前，我就不用去想发生的事情了。

如果重复做同一件事，你就会忘掉自我，让思绪平静下来。

还很小的时候，我就明白这一点的重要性了。

我记得树叶翩然而下，在我的脚下嘎吱作响；记得雪花刺痛了我的皮肤；记得长茎的黄花在篱笆附近绽放，然后又在七月骄阳的炙烤下枯萎。在这一切发生时，我一直在投篮。

我肯定还干了别的事情，比如，上学。这显而易见。但是，说到童年，我唯一能记住的，就是在我家后院投篮。

数年后，爸爸的话开始多了，还和我一起投篮了。挺好的。

有时候，爷爷会把他的轮椅停在车道的尽头，啜饮着啤酒，看我如何改进自己的跳投。

我渐渐长大了，篮筐被调高的频率也越来越频繁了。

后来，有一天，一个女孩出现在我家后院里。她一头金黄色的头发，唇角的微笑好像会保持到永远。

"我住在这条街上，"她说，"我和你一个班。"

我继续投篮，想让她离开。她叫艾琳，看上去真的不错，可我不想和任何人交朋友。在我这辈子剩下的时光里，我只想一个人投篮。

"你不理我？"她问。

我试图假装她不存在，因为时光倒流到那时候，我正假装着整个世界都不存在呢。

"你真怪啊！"她说，"可我不在乎。"

我投出的球当的一声从篮板上弹回来，直奔那个女孩的脸而去，可她反应能力不错，就在球要砸到她的鼻子时，她接住了球。

“我投一下，你不介意吧？”她问。

不等我回答，她就把球投了出去，还投进了。

“我和我哥玩过这个。”她解释说。

我和我爸投篮时，谁投进去了，就可以接着投。于是，我把球递给了她。她又投了一次，又投进去了。她接着投，接着进……

在我的记忆里，她一连投进了几十个球，我才把球争过来。不过，她再也没离开过我家后院。我们两个一直投篮，投过了漫漫岁月。

季前

"有时候，有个问题让我感到困惑：是我疯了，还是其他人疯了？"

——阿尔伯特·爱因斯坦

1

距离高三开始还有一周，艾琳穿着她的篮球训练服。通过袖孔，我能看到她黑色的运动胸罩。它有点儿性感，至少我是这么认为的。

我尽量不去看，尤其是我们正和我的家人吃早餐时。但是，只要艾琳身体前倾，举着叉子往嘴边送食物，她的右袖孔就会展开，小乳房的形状就会在我眼里一览无余。

别看了！我对自己说。但是，这根本不可能。

大家一边吃着鸡蛋和香肠一边聊天，但是我一个字都没听进去。

没人注意到我正盯着那里看呢。

艾琳太有魅力了，太好看了。当她在场时，我爸爸和我爷爷根本就不注意我。

和我一样，他们的眼睛也总是盯着艾琳。

当我们站起身来要离开时，我那坐在轮椅里、没腿的爷爷喊道："让这个镇子里所剩不多的爱尔兰人感到骄傲吧！"

我爸爸说："尽你所能。记着，这是一场漫长的比赛，最后你总能胜过天才。"

那是爸爸的人生格言。不过，他最后却落得孤身一人。他上夜班，在桥上收通行费。这样的工作，既不需要天赋，也不需要良好的职业道德。

我爸爸的人生相当乏味，而这主要是因为我爷爷。但是，当他说我能通过日积月累的努力战胜天才时，他的眼中总是充满希望。因此，为了他，也为了我自己，我就尽我所能地那样做。

我真的觉得，爸爸看我打篮球的那些夜晚，是他整个人生中最好的夜晚。我之所以那么喜爱篮球，原因之一就是让爸爸高兴。

如果我打了一场不错的比赛，爸爸就会说，他为我感到骄傲。同时，他的眼睛会湿润。结果，我的眼睛也湿润了。

要是爷爷看到我们那个样子，他就会说我们像女人。

"你准备好了吗？"艾琳对我说。

即使我不愿意那么做，可当我看着她的脸，注视着她酢浆草绿色的眼睛时，我就想在今夜晚些时候吻她。我开始变得不自然了。于是，我赶忙把那种念头从脑袋里赶跑了。

现在不是卿卿我我的时候。现在是把身体练得棒棒的时候。再有两个月，篮球季就开始了。

2

你们也许需要知道，人们把我称作"白兔"。

只要餐厅里供应煮熟的胡萝卜，特雷尔·帕特森就会偷偷溜到我后面，一边开玩笑地把他的胡萝卜倒在我的盘子里，一边大喊"喂白兔"。接下来，所有人都会学他的样子，直到胡萝卜聚成一座橘红色的小丘。

这种情况始于上一个春天。第一次发生时，我真的生气了，因为人们不停地走过来，把他们不想吃的东西丢在我的盘子里。这样做不太卫生，尤其是因为我还没有吃完我的午餐。

不是篮球季的时候，在餐厅里，艾琳挨着我坐。她就开始热心地吃我盘子里的胡萝卜，并向人们表示感谢，把他们都搞糊涂了。

她摆出一副彻底疯掉的架势，不停地说："好吃！我还能多吃点儿吗？"于是，人们不再笑我，反而笑起了她。

我实际上喜欢吃胡萝卜，于是我也吃了一些。我知道艾琳的打算起了作用。再说了，在我吃这些橘红色蔬菜时，我真的不在乎人们的笑话。我想，我将拥有比任何人都好的视力。于是，我就听之任之了。

问题是，倒胡萝卜这种事一周发生一次，并且实际上它再也不搞笑了。我希望，到了夏天，人们会忘掉这种事。但是，我对此表示怀疑。

　　我们高中的白人孩子也就几十个，而我是其中之一。我就像一只兔子那样安静。埃米纳姆在电影《8英里》中饰演的人物的绰号就叫"B-兔子"。埃米纳姆是世界上最著名的白人说唱艺人。我长得还真有点儿像他。

　　但是，人们之所以叫我"白兔"，主要原因是，我们不得不读约翰·厄普代克写的那本非常悲惨的书。这本书讲的是很久以前的一个篮球明星的故事。他名叫"兔子"，长大后过着一种悲惨的生活。我不是明星，可我是我们校篮球队里唯一的白人孩子。

　　威斯打中锋。除了我，上高级英语课的篮球球员只有他。他给我所有的队友都讲了厄普代克的那本书。实际上，他只讲了一部分。那部分里有个白人篮球球员，那个球员有个令人难为情的名字。于是，我的队友都开始叫我"白兔"。

　　那个绰号粘在了我身上。现在，邻居们也都叫我"白兔"。

3

艾琳和我从车库里取出篮球，在我们后院的篮筐上，我们各罚了 100 次球。那是我们高中最后一个篮球季，是"最后一投"。于是，我们刻苦训练。

我们模仿比赛状况，一次投两个球，并且为了抢篮板球彼此拦截。艾琳是 100 投 88 中，我是 100 投 90 中。

接下来我们做 5 英里[1]慢跑，并且在慢跑中运球。

我们沿着奥谢街做了一英里右手运球，经过了一排房屋。那些房屋已经坏掉了，呈现出灰色，就像爷爷的牙齿。我们来到了学校。在学校的一个跑道上，继续跑接下来的四英里。那个跑道有些年头了，状况糟糕，上面竟然长着野草。每跑一圈，我们就换一种运球方式，有左手运球、交叉运球和背后运球。只要是合规的运球方式，我们都做了大量练习。

我们学校所有其他篮球球员也参加了橄榄球队或啦啦队。他们在挨着跑道的场地上练习。但是，在凌晨这么早的时候，他们

1　1 英里约为 1.609 千米

还没有开始练习。艾琳不会只穿啦啦队队服，而我的天赋不足以成功地从事多种运动。此外，我想把我的全部都给篮球。

等练完了，我们已经汗流浃背。一缕缕金黄色的头发粘在艾琳的脸上，她漂亮的小耳朵都变红了。当她脱掉训练服、只戴着运动乳罩的时候，我真的很喜欢。她的肚脐是一个美丽的谜。

我们休息了一会儿，等着学校开门，因为管理员又迟到了。我的肌肉热乎乎的，身体感觉松弛了很多。

我们没说多少话。

在我认识的人中，认可我的沉默的人不多，而艾琳就是其中之一。此外，由于我不喜欢说话，这让我们成了珠联璧合的一对儿。我不口吃，也没有类似的毛病。我只是不愿意说太多的话。

我们默默地在草地上坐了一会儿。

"你觉得女篮今年会再次赢下州赛吗？"艾琳问我，因为她感受到了再次赢下比赛的压力。

她其实是想问我，她是不是够优秀，可以带领她的团队一路拿下州冠军。这是因为，我们女队另外一个明星球员凯莎·鲍威尔去年毕业了，如今为田纳西女志愿者队打球。和艾琳相比，其余的女篮球员差远了。

担忧让她的额头起了皱纹。于是，我点点头，热情洋溢地笑了笑。

说真的，艾琳可能是州里最好的女队员。

我的队友老是说粗话。他们经常说，如果艾琳有根阴茎（他们用了另外一个词），我恐怕要坐替补席了。这话听起来让人不爽，可当看着她主宰了一场比赛时，我常常想，我的女友是不是真的能打败我，让我丢掉位置。关于这种猜想，我们说得太多了。

我知道，我可能在任何地方都打不了大学篮球赛，甚至连三级赛也打不了。在我们队里，我不过是个角色球员，不是明星球员。对这种情况，我认了。但是，艾琳真的有机会造就一支优秀的大学队，获得奖学金。我那么喜欢训练，打淡季篮球，也是因为这是帮助艾琳的一个机会。

我们只想早点儿离开这个镇子，一起离开，而艾琳的篮球事业也许是我们最好的机会。我们一直谈论着离开贝尔蒙特，早点儿让我们的家庭史成为过去，挣脱掉这里的一切。我们目睹了很多人犯了错误并被困在这里。艾琳的哥哥罗德是这样，我爷爷也是这样。

坐在草地上，看着她美丽的腹部，我开始想和艾琳有所发展，想把手放在她的腹肌上来回抚摸。于是，我不得不去想我爷爷那双在大腿下面就到头儿的腿，想他的断腿，因为这样一想，我脑袋里的性念头就会消失。就那样吧，我的头……

就在这时，管理员打开了体育馆的门，说我们可以进去了。

在体育馆里，我们做了各种短距离全速奔跑，做了投篮训练，还练习了罚球。

接下来，我们出来，去了体育场。我们在台阶上跑上跑下，跑了20分钟，跑到胸口怦怦跳、肌肉抖动、肺部发热。

回到体育馆，我们又练习了一些投篮方式。就在这时，橄榄球队的队员们进来了。他们到了上厕所、喝水的时间。

特雷尔·帕特森就在那群橄榄球队员之中。他是领头往我盘子里倒胡萝卜的家伙，在队里是首发四分卫、得分后卫。他喊道："哟，白兔啊！你干吗练跳投啊？伙计，你永远也不会在一场比赛中投篮。你明白这一点！你的任务就是给我传球。就是这样。"

在练习投篮的间隔，我指着特雷尔，微微一笑。

我是控球后卫，我要干的活儿，是把球传给得分手。特雷尔去年平均每场得 23 分，而我给他喂球，赢了不少助攻。他可能不会说我是他朋友，但他是我的队友，我因此把他当兄弟。

我已经当了两年首发控球后卫了。

特雷尔微微一笑，用拳头捶了两下他自己的胸口，然后打了一个和平的手势。

"你怎么做啊，白兔的小宝贝儿？"特雷尔冲艾琳喊道。

这让橄榄球队员都大笑起来。

艾琳向特雷尔摆出一副厌恶的表情，喊道："我谁的宝贝儿都不是，特雷尔！"

"该死！那女孩冲我发火呢！射门！"特雷尔说。

这让所有人又笑了起来。接下来，他们全都跟着他们的教练进了更衣室。

特雷尔离开后，艾琳的传球更难防、更有力了。她想让我明白，她心烦意乱。

等我练习完了那种投篮方式，她就大步走出了体育馆，尽管我们还有一些投篮方式需要练习。

我跟着她走到了体育场下面的阴凉处。我看了看她，问道："怎么了？"

"你知道，我不喜欢别人叫我小宝贝儿。"她说。

她的脸像番茄那样红，额头因为恼怒都起皱了。

她看上去就好像要用拳头砸墙。

"你真不知道我为什么心烦意乱？"她说。

我张开了嘴，不过没说话，就像往常那样。

我不知道说什么。

"有时候你需要多张嘴，芬利。"

没错。艾琳这么说，并不是想让我改变性格，而是想让我在必要时支持她。

我眨了好几下眼睛，用眼睛对她说，我很抱歉。

艾琳叹了口气，然后微微一笑。她的额头没皱纹了。她那么容易就能和我心有灵犀，这让我有时候感到惊奇。

"继续吧，"她说，"让我们完成那些投篮方式吧。"

于是，我们完成了常规练习，还在橄榄球队进入举重室之前练习了举重。进了举重室，橄榄球队队员就开始发出哼声。他们还想试试，看谁卧推能推起最大的重量。

4

下到了运动场，每个人都犯规次数太多，投篮次数太多，从不让技巧得到发展。但是，艾琳和我确保我们总是在同一个队里。这样一来，我们就可以做严肃的球员需要做的事情，如打协防，还有执行进攻套路。

运动场里打球的人大多是成年人，他们不工作，天天打球。尽管如此，艾琳和我却常常能轻松地战胜他们。他们很讨厌这样，而这主要是因为我话不多，有些怪，艾琳又是个女孩。

运动场距离我们家只有七个左右的街区。毒贩在镇上的球场附近出没。老人们闲坐着，就着牛皮纸袋子喝酒。在运动场周围的水泥地上，散落着可卡因瓶子和用过的注射器。那里不是世界上最安全的地方，但我们受到了艾琳的哥哥罗德的保护。

罗德快 30 岁了，在一个爱尔兰传统朋克乐队敲鼓。那个乐队类似于伯格斯乐队。如果传言是真的，那么罗德自己也贩点儿毒，只是不在街上卖。但是，最重要的是他的名声。据说，在贝尔蒙特生活过的爱尔兰人中，他最反复无常，最暴虐。附近的人们都怕他，的确是这样。

我们上高一时，曾经有一个名叫唐·利托的高年级学生，他很喜欢艾琳。在学校里，她去哪儿，他就跟到哪儿。他还色眯眯地跟她说话，那些些话太下流了，我甚至都不愿意重复。只要我听到唐·利托跟艾琳说下流的话，我的胸口就会绷紧，手攥成拳头。不过，当然了，我的舌头根本不管用。

唐·利托当时是个19岁的学长。因为贩卖可卡因，他进过少年罪犯教养所。艾琳当时还是个14岁的孩子。

一天，我和艾琳步行回家，唐·利托跟着我们。等我们离高中学校够远了，他抓住艾琳的臀部，说了一些很下流的话。就好像我压根儿不在场，或者我无关紧要。我气坏了，想说点儿什么，可从嘴里说出来的却是"你你你你你……"。

唐·利托大笑着说："你干吗不甩了这个白痴，和一个真正的男人在一起？"

就在这时，我向他冲了过去。可是，还没等我打到他，他就一拳砸到我下巴上，把我击倒了。

啪！

砰！

眼冒金星！

我记得我的腿飞到了空中，看到了上面的云彩，然后就晕了过去。

等我恢复知觉时，艾琳正在抽我的脸。她一边抽，一边说："醒醒！快点儿，芬利，醒醒！"

她的鼻子在流血。血滴到了我脖子上，又暖又重。

"出什么事儿了？"我问道。

"我揍了唐·利托的屁股。"

"什么？"

"他揍了你后，我揍了他的脸。我太生气了！"

"你的鼻子是怎么回事？"

"嗯，他逃跑之前打中了我的鼻子。"

"你还好吧？"

"你呢？"

"我觉得我还好。"

"那就好，我也还好。"

她扶我站起来，扶着我回家。我求她不要把她保护我免遭唐·利托揍的事儿告诉任何人，她大笑起来。

"你的意思是，你女朋友踢屁股的本事让你自豪不起来？"她问道。

在回答时，我在人行道上吐了。然后，马上感觉不再那么头晕眼花了。

那天夜里，晚些时候，艾琳的哥哥罗德来看了我。

我好一阵子没见过他了，因为他再也不和坤恩家住一起了。

他曾经一直在举重，看上去就像个职业健美运动员。他上身穿着一件印有骷髅头的紧身T恤，下身穿着一条黑色牛仔裤。裤腿挽了起来，可以看到他的黑马丁靴的白边儿。他剃了头，胳膊上文着凯尔特文身。

"麦克曼纳斯先生，我想和你儿子单独谈谈，你不介意吧？"

罗德问道。

"为什么要单独谈谈？"爸爸问，"我们是一家子。"

"我想你知道为什么。"罗德说。

爸爸和罗德大眼瞪小眼，瞪了那么一会儿。罗德说："我替你和你一家子说过好话，人们肯定忘不了。"

爸爸的脸变白了。我看到，他太阳穴周围的花白头发上粘着汗珠。这时，我开始觉得恶心了。

"我们可不想惹麻烦。"爸爸说。

"那就让我们单独待几分钟吧。你儿子是个好孩子。我们知道这一点，我们只是想帮忙。"

我父亲真的离开了，并且随手关上了门。这让我感到惊奇。

罗德问我究竟发生了什么，我就把记得的情况对他说了。

他抓住我的后脑勺，小心地把我的额头拽向他的额头。就这样，我们的眉毛碰到了一起。只要他眨眼，他的睫毛就会碰到我的睫毛。他嘴里的酒气有些阴冷，闻起来凉飕飕的，就像一个刀片。"今夜以后，兄弟，这地方再也没人敢碰你，没人敢碰我妹妹。我向你保证。"

第二天早上，他们发现，唐·利托躺在镇上的篮球场上，不省人事，整个身体都肿着，伤痕累累。他的辫子被剪掉了，头被剃了。

我还听说，他的脖子上有一圈儿字。那圈儿字是，"我打了女孩"。

警察进行了调查，但无论是唐·利托，还是别的什么人，都对人人都认为的真相只字不提。

大多数人不会向这一带的警察告密。

唐·利托辍了学，不久就离开了镇子。打那以后，贝尔蒙特再没有人碰过艾琳和我一根手指头。

我们能在镇篮球场上和临时凑起来的人打篮球，在那里晃悠的罪犯也不敢骚扰我们，原因就在于此。我们知道，要是罗德不在附近，我们受到的待遇就会不一样了。这让我多少有点儿悲伤。

5

艾琳的家是一座连排式砖房，处在一个褪色、破裂的遮阳篷下面。在她家门前，她说，她冲完澡就行了。她吻了一下我的嘴唇，就消失在前纱门的后面。

我缓步走过奥谢街街区，向家里走去。

周围灰蒙蒙的，肮脏，垃圾四散，但所有的连排房屋都被占据了，因此并没有被宣布废弃。与这周围大多数街区相比，我们的街区看上去要卫生得多。

当穿过街道向我们的街区走去时，我注意到威尔金斯教练的旧福特牌小货车停在我家前面。

教练是来找我的。现在他在我们家里，独自和爷爷在一起。爷爷白天有时候会喝醉，醉了就开始和"家里的骷髅"跳舞，随着性子谈我不想让任何人知道的东西，尤其是不想让教练知道的东西。

我冲进我们家的屋子，喊道："教练？"

"芬利，我就在这儿。用不着喊嘛。"

他穿着一套夏装和一双高档鞋子，没有打领带。他为什么要打扮一番呢？

他坐在客厅的沙发上。我爷爷的轮椅靠着长沙发停着。谢天谢地，爷爷看上去还算清醒。

"威尔金斯教练想带你去吃晚饭。"爷爷说。

爷爷穿着那种打老婆男人穿的汗衫。在他的断腿下面，茶色裤腿被缝住了。白头发拢在耳朵后面，垂到了肩上。他的头发这么长，并不是为了看上去酷，他就是懒得去理发。奶奶的绿玫瑰经念珠在爷爷的胸膛上形成了一个"V"字形，就在爷爷凸起的肚脐附近，耶稣像在一个黑色的十字架上挂着。

"实际上是去一个朋友家里。"教练说。

然后，在注意到我流着汗时，他补了一句："看样子你今天锻炼得很起劲儿啊。"

"和艾琳·坤恩一起，"爷爷说，"那是他女朋友。"

"她是个不错的球员，人也不错。"教练说，"芬利也是这样。"

教练不喊我"白兔"，我喜欢这一点。要知道，我的队友总想让他用这个绰号。

教练说："你今晚想不想和我一起吃饭？"

我点了点头。

教练让我干什么，我就干什么。他是我的教练。

"你干吗不冲个澡？我们可以在路上谈谈。再穿得好一点儿。"教练说。

"你走之前，我需要你帮帮忙。"爷爷说。

我推着爷爷的轮椅进了浴室。在浴室，我迅速帮他换了弄脏的尿布。

当我们回到客厅时，我爸爸已经起床了。他微笑着，和教练聊着篮球。于是，我把爷爷的轮椅挨着他们停下。

我缓步走上楼梯。这时，爷爷说："你倒是快点儿啊。"

在冲澡时，我在想，教练会带我去哪儿。他从没请我吃过晚餐，以前也只到我家来过两回，一回是我挨了唐·利托的揍后，一回是我二年级伤了踝关节后。

我想不出来他今晚会把我带到哪里，但我真的想知道。

6

我穿上了黑裤子，有三个扣子的浅蓝色衬衫，还系了领带，然后就和教练往门外走去。这时候，我父亲叮嘱我注意举止。他站在门口，看上去有些疲倦，但摆出一副我们有客人时的那种乐观表情。只要除了爷爷和我，还有别人在场，他就会摆出那副表情。

艾琳向我们家走过来。她的头发还湿着，穿了一件色彩华美的夏装。她和教练打了招呼。

"我要借用芬利几小时，你不介意吧？"教练问。

"完全不介意。"艾琳说。

但是，当她与我四目相望时，我看得出，她有点儿失望，并且显然有些困惑。于是，我耸耸肩，让她明白，我也不知道要去干什么。我想和艾琳去闲逛，可我们每个晚上都相见。再说了，她明白，如果你的教练来家访了，那就意味着某种重要的事情要发生了。

艾琳问："教练，你和芬利什么时候回来？"

"估计我们回来要到 9 点左右了。"

"那时候见你。"艾琳说。然后，她就开始往家里走。

"你有艾琳这样的朋友，运气不错！"当我和教练钻进他的卡车、系安全带时，教练说，"人需要朋友，真正的朋友。艾琳就是你真正的朋友。"

引擎轰隆隆地启动了，空调的冷气吹到了我脸上。感觉真凉。可是，教练并没有把车开起来。他的脸还是那么黑，表情坚毅一如往昔。但是，他一直在吞口水，喉结一上一下。我明白，出问题了。

教练说："你知道，我总是跟队员们说，篮球可以教会你很多人生道理，这些道理比胜负和个人统计数据重要，比比赛本身重要。我们是在球场上人生课，那是那种经历中最重要的一部分。是吧？"

"没错。"

教练总是那么说。

"那好，我觉得你今年会学到很多东西，芬利。"

他说那些话的方式让我感觉有点儿怪异，就像他在预言什么。看来，这顿晚餐甚至比我想象的还要重要。

我看着教练的脸，想读懂他的眼神。但我看到了绝望，看到了挫败，看到了精疲力竭。在所有那些在这个街区生活了多年的人眼里，我都看到了绝望、挫败和精疲力竭。

"我们出了点儿问题，芬利。因为我相信你，今晚要对你说很多东西，不过我希望你严守秘密。我要说的话，你对谁都不能说。不要对你爸爸说，不要对你祖父说，不要对艾琳说，不要对你的队友说。尤其是不要对学校的任何人说。你要把我说的话当成最高机密，我可以相信你吗？"

我想象不出来教练要对我说什么了。

我的心跳得很响。我意识到，我现在也在吞口水。

我点点头，让教练明白，我会保守秘密。

"那就好。对你来说，罗素·艾伦这个名字意味着什么？"

我摇了摇头。

"秘密在这儿，罗素·艾伦高中的前三年是在洛杉矶打球的。最后一年，作为一个三年级学生，他在全国都出了名。显而易见，他是这个国家的顶级新手之一。在 17 岁时，他的身体就像个职业球员了。我看了比赛录像，我相信，就现在，他有能力给任何一个 NBA 球队打球。他是个能完成绝杀的控球后卫，内外线都能打。他是个灵巧的球员，能发起一轮进攻，能抢篮板球，能逼抢。他是我见过的最好的高中防守队员。更了不起的是，他在文化课上的成绩近乎完美。在全篮球赛季的三年里，他能把平均成绩保持在 4 分的水平。他在所有最好的训练营里打过球。他对人友善，整个高中阶段都没惹过麻烦，职业道德优秀。这个国家的所有大学专业都想要这个孩子。"

教练显然喜欢这个球员。可是，我搞不懂教练为什么跟我说这些，尤其是艾伦在这个国家另一边打球的情况下。至于为什么要我保守秘密，我就更搞不懂了。

"你知不知道，艾伦住在波特街上，挨着那个名叫'酒徒'的下等酒吧？"

"不知道。"

我从没去过镇子的那一部分。那里没有爱尔兰人。

"那里的人里有罗素·艾伦的祖父母，还有我的好朋友。我过去常常和罗素的父亲老罗素打球，他最后成了一个相当有名的爵士乐音乐家，成了一个萨克斯管吹奏者。他搬到了洛杉矶，开始给电影写音乐。他挣够了钱，就把罗素送进了那里一个真正好的预备学校。罗素在那里做得不错，直到……"

教练牢牢地抓着方向盘，一再地舔嘴唇。

我以前从没见过教练这么紧张不安。

"我朋友罗素和他妻子在今年二月被谋杀了。"

"谋杀"这个词卡在了我耳朵里。我突然感觉像是有人正在把一根手指戳进我的喉咙。我开始咳嗽了，但教练仍在说。我花了几分钟，才明白他下面的话。

"详情现在用不着说。但是，这个事件给小罗素造成了重大影响。他在一个创伤后应激症儿童之家待了一段时间。这镇上的艾伦家的人是他最近的亲属。他们原本也拿不准要不要照看一个麻烦的少年，但在罗素的请求下，他们已经同意照料他，直到他明年上大学。"

我突然意识到，罗素将有资格为我们篮球队打球。虽然教练在谈论一场谋杀的后果，可我仍要羞耻地承认，我立即开始担心我的首发位置。就好像我被告知，我得了癌症，可能需要切除身体的一部分，而这一部分叫作首发控球后卫。

"那么，"我说，"他将为我们打球，教练？"

"也好，我倒是希望他给球队打球，但在这个时候，我们需要关注的是他的精神健康。他几个月没碰篮球了。你知道，在那一切发生后，罗素的大脑出了问题。我们都觉得，一个有着他那样天赋的男孩子应该利用天赋，再说，有那么多大学愿意给他提供全额奖学金，要是看着他整个赛季都坐着无所事事，那将是一种耻辱。但是，我们一次只能做一件事。他之所以将以他母亲的娘家姓注册，原因就在于此。在解决掉他的问题之前，艾伦家的人不希望大学的球探和教练打扰他。篮球界不知道他在这儿。再说了，他现在未必对篮球感兴趣。明白吗？"

我搞不懂我们为什么要在车里说这些。

我迷惑了。

"我对他们说，我们高中可能比较简陋，罗素去私立学校更好，尤其是他还继承了一大笔钱。但是，出于某种原因，艾伦家的人希望那个男孩今年为我打篮球。这可能是因为他们了解我，再说，在那一切发生之后，他们不想把罗素交到一个陌生人手里。因此，罗素将用罗素·华盛顿这个名字，转到我们学校。和他在加利福尼亚上的预备学校相比，我们学校的差距可能还不算大。当局、他的指导顾问、我，现在再加上你，知道罗素身份的只有我们这些人。可以吧？"

我不知道说什么。我真不知道。

教练说："我觉得，如果罗素有一个了解内情的朋友，情况也许就不一样了，过渡可能就会容易一点儿。"

突然，我觉得我可能明白了我要扮演的角色。

"你的表情显示你有疑问，芬利，现在可以问了。"

尽管我知道艾伦家的人们生活在镇上一个全是黑人的地方，我还是问了一句："那么，教练，你是说，罗素是个白人？"

"他的肤色有关系吗？"教练问道。

他总是说，他看不到人的肤色。但是，我知道，那不过是一种政治正确的说辞。教练会根据对手的肤色，完全改变他的比赛计划，因为白人球队和黑人球队打球的风格不同，那是一种事实。

我什么也不说了。

这时候，教练说："罗素的肤色和我的肤色差不多。"

"那么，为什么要选我呢？"我问道。

"好吧，我这么说吧。我有预感，你们俩会合得来。此外，我觉得，在队里的男孩中，能帮助我死去朋友的儿子的，也就只有你了。"

这些话让我吞口水吞得更艰难了。

我一方面只想和艾琳在一起，一方面又感到好奇，也有点儿受宠若惊，有点儿紧张。种种情愫，一时毕集。

教练挂上挡，载着我穿镇而过，向艾伦家开去。

7

在停车的时候，教练说："还有一件事。"

他脸上的表情就好像他必须上厕所什么的，看上去很不舒服。他攥着方向盘。

"在他人生的这个时候，用罗素这个名字来称呼他并不恰当。"教练向挡风玻璃外面扫了一眼，一脸茫然，"罗素现在想被叫作'21号男孩'。"

他点了几下头，仿佛在说，他不是开玩笑。

"为什么呢？"我说。

我想起来我的篮球队号码就是21号。今夜还能再怪异一点儿吗？

"创伤后应激症儿童之家的人和当地治疗专家建议，我们都应该尊重他的意愿，叫他'21号男孩'。他们说，他现在需要用一些小方法对他所处的环境加以控制，或者需要某种类似的东西。我对治疗一窍不通，但我觉得，在那一切发生后，那个孩子肯定需要一个好心肠的朋友。我们这么做，就是出于那个目的。我们今晚会叫他'21号男孩'。我们还要继续努力，设法让他在开学

前变回罗素 。"

我点了点头。不过，我想，我的表情表达的意思是不同的。我心肠好吗？我甚至不和别人说话，除了艾琳再没有真正的朋友，我又怎么能和这个孩子交上朋友呢？他想要我的篮球队号码吗？

教练皱着眉，额头上的皮肤起了褶皱。现在，他每5秒钟吞咽一次口水。

他把手伸过来，放在我的肩上，说："我这么做是出于对我已故朋友的尊重。此外，芬利，无论出现什么情况，你能来，我都要谢谢你。你是个好孩子。如果事情进展得不顺利，那我们把它忘了就行。好吗？"

"好的。"

"那好。我们走吧。"

我们下了教练的卡车。艾伦家住的街道比我们住的街道差多了。碎瓶子和快餐包装纸散落在人行道上，一些房子是用木板搭的，几乎每座建筑上都乱涂着骂人的话，但艾伦家住的地方居然相当不错。草坪剪了，灌木修整过，房屋自身看上去打理得不错，挺吸引人的。它甚至刚被粉刷过，这在贝尔蒙特可不多见。

教练按了门铃。过了不久，一对白发夫妻就答话了。

"是蒂莫西呀！"那个老妇人说。她穿着一件黑色连衣裙，伸出胳膊搂住了教练的脖子，教练不得不弯下腰来。"你能来，我非常感谢！"她说。

"别客气，艾伦夫人。"

艾伦先生穿着一件灰色西装。他一本正经地和教练握了握手，说："对你在葬礼上说的话再次表示感谢。你是一位诗人，一位朋友，有一颗友爱的心灵。"

"我只说实话。"教练说。每个人的目光都突然闪亮了。"这位是芬利·麦克曼纳斯。我球队里最优秀的年轻人之一。这里的人好。我向你保证。"

教练的介绍让我有点儿难为情，但也有点儿骄傲。

艾伦先生看着我说："谢谢你来。"

我知道艾伦先生可能对我是白人感到惊讶，但那并没让我感到生气。如果我是他，我可能也会感到惊讶。说真的，我感到惊讶的是教练选我来做这件事情。我不是个治疗专家，我和艾伦家也根本没多少共同之处。他们可能认为，我无法与他们的孙子相处；对他们的孙子来说，在这个新环境里，我甚至有可能是个麻烦。我也完全同意他们的看法。在贝尔蒙特，有最好的白人朋友的黑人孩子并不常见。那也许是愚蠢的，但我已经发现，愚蠢有时候会让每个人的生活更容易。

"进来吧！"艾伦夫人说。

8

    屋子里装着空调。到处挂着耶稣的画像——有抱着羔羊的耶稣，有在花园里的耶稣，有穿着紫袍的耶稣。家具很旧，但房间却是我见过的最干净的。所有木质的东西都很精致。小地毯蓬松柔软，刚用吸尘器吸过。你就是在画框周围转，也找不到哪怕一点儿尘垢。这个屋子与我们那肮脏的纯男人住的房子相比，就好像进了博物馆。

    我挨着教练坐在长沙发上，艾伦夫人递给我一杯柠檬汁。

    "罗素在哪儿？"教练说。

    "在楼上他的房间里。"艾伦夫人说，"我担心我们无法让他下来。我跟他说了你要来，但是，唉，你看……"

    这时候，她压低了嗓音："那个社会工作者对我们说，我们目前不应该逼迫他，而是要让他适应新环境，所以……"

    "要不，你上去和他聊聊？"艾伦夫人问我。

    她是个又矮又瘦的老妇人，目光却摄人心魄，而且犀利。我只是点了点头，因为我一向是长者让我做什么，我就做什么。爷爷和爸爸就是这样教育我的。

"让两个男孩子认识一下也好。"艾伦先生说。

他的口气听起来抱的希望太大了，就好像他在努力掩盖他真正的期望。但是，也可能是我多疑了。

"你那样做没问题吧，芬利？"教练一边说，一边又把手放在了我的肩膀上。

我点点头。

一个好球员总是听他教练的话。如果他的教练像我的教练那样聪明，他就更应该听了。

"楼上，你左边第二个门。"艾伦夫人说。

我把玻璃杯放在一个杯垫上，站了起来。

"你跟他讲太空偏执了吗？"艾伦先生对教练说。

我向教练投过去疑问的目光，他说："上楼去吧，芬利。打个招呼，好吗？"

我想知道这和太空有什么关系，但教练用目光求我，不要在艾伦夫妇面前问他任何东西。于是，我就没问。

我穿过房间，向楼梯走去。这时候，我能感到长者们在注视着我。但是，一旦他们看不到我了，我就放慢脚步，端详起通向二楼墙上的照片，想搞清楚我究竟摊上了什么麻烦。

墙上挂着艾伦夫妇年轻时的黑白照片。虽然照片中汽车和衣服的样式古色古香，镇子看上去要干净得多、安全得多，但我还是认出了贝尔蒙特的一些不同角落。

墙上还挂着一张旧婚礼照片，教练是伴郎。他摇晃着一头卷卷的非洲式发型，穿着一件浅灰蓝色无尾礼服，看上去更像我的同学，而不是一个成年人。这让我微微一笑。

墙上还挂着21号男孩的照片，从他还是个婴儿一直到现在的照片。

他的家里显然很有钱。在所有学生照里，他的衣物看上去都挺贵的。还有他和他父母在外国的照片——有在埃菲尔铁塔前照的，有在意大利那座斜塔前照的，甚至还有一张在埃及的那些金字塔边上照的。

我开始有点儿嫉妒这个孩子了，因为我除了贝尔蒙特哪儿都没去过，他却走遍了全世界。这真的不公平。为什么一些人生在奇妙的环境里，其他人却等一辈子都等不来一个机会？

在所有的照片中，罗素都笑得很灿烂。他看上去是个好孩子，这让我难以讨厌他。

然后，我看到了他高中篮球队的照片。他是队里唯一的黑人孩子。他的球队穿着崭新的耐克队服，很酷，就像一支大学队。他们甚至有和队服搭配的运动鞋。

也许教练知道21号男孩是他队里唯一的黑人孩子，就像我是我队里唯一的白人孩子，所以，选我来做这件事情。

但是，我也看到罗素穿着21号球衣，和我的球衣号码相同。我不由得感觉受到了威胁。

到了楼梯的尽头，没有照片了。我走上走廊，在那里，箱子里装着整整一间房间的东西。当我经过一个带抽屉的大箱子和一张桌子时，不得不侧着身。墙上还靠着一个床垫和一个床架。

走廊里只有一扇门关着，有个人在门后面说话。

我把耳朵贴到门上，听到一个男人的声音说："珀尔修斯[1]！英雄珀尔修斯！杀死美杜莎的人！你在那里，我的朋友！一张通向一种新生活的路线图！那个地方就是太空！那个地方就是太空！"

无论谁在门后面，他听上去都像个精神病。但是，为了教练，我将按照他吩咐我的去做。

是好篮球球员，就要执行比赛计划。

永远如此。

我抬起拳头，敲起门来。

---

1 珀尔修斯，希腊神话中杀死蛇妖美杜莎的人，主神宙斯之子。

9

那个声音停止了说话。停了好一会儿后，门向内打开了。我仰望着一个没穿上衣的男孩。

他的身体令人难以置信——完美的打篮球身体。高、瘦、壮，看上去正像科比·布莱恩特的身体。

他留着 4 英寸[1] 长的辫子，与我队友的辫子不同。我队友的辫子与马尼·拉米雷斯匀称的辫子比较接近。21 号男孩的辫子太卷曲了，看上去几乎像鲍勃·马利那些可怕的辫子。

"你是个地球人？" 21 号男孩对我说。

我吞了吞口水，点了点头。

"我打算友好地对待所有的地球人。我是 21 号男孩，来自宇宙。我被困在地球上，但我很快就会离开。进我的家庭生活舱吧。"

他转过身，背对着我，又开始做他正在做的事情了。

我走进空空的房间，看到天花板和墙壁最近被粉刷成了黑色。

地板上全是打开的书，全是关于太空的书。数以百计的星座

1　1 英寸为 2.54 厘米。

和星系在我脚下展开。

当我仰望时，21 号男孩手里拿着书，正在用在黑暗中发光的塑料星星在墙上排列星座。小孩子们在卧室天花板上粘的东西，就是塑料星星。

他已经用星座填满了整整一面墙。

"我已经完成了英仙座。那里是大陵五星，就是魔鬼星。这里的是假太空，或者是幻想的太空，因此我们没兴趣按照它们本来的样子来排列那些星座。"他面无表情，十分陌生，"我们只是建造我们喜爱的东西。这样一来，在地球上我们的家庭生活舱里，我们感觉会更像在家里。你最喜欢的星座是哪个？你叫什么名字，地球人？"

这不是游戏，也不是笑话。他疯了。

"地球人，你的声音输入系统损坏了吗？你能听见我说话吗，地球人？"

"嗯……"我勉强挤出了一种声音。

这个孩子患了精神病，自以为来自太空，我该对他说什么呢？

"你的声音输出系统损坏了吗？你们说英语的地球人是怎么称呼'舌头'的？你的'舌头'管用吗？"

"管用。"

"这么说，你只是吝啬于说话吧？"

"吝啬。是的。我觉得是。"

我注意了那个书面语的正确用法。这是某种游戏吗？教练是在恶搞吗？

"我尊重你吝啬的本性。"他说。

接下来，他一边咕哝着关于太空的一些事实，一边由着他自己的性子继续排列星座。

我不知道说什么。于是，我就像往常那样，什么也没说。

过了大约 5 分钟，21 号男孩转过身来说："如果我用你地球人的名字'芬利'叫你，可以吗？"

他祖父母可能对他说了我的名字。但是，还没等我对他说，他就用了，这多少让我感到惊讶。

"我可以吗？"他说。

"可以。"

我能拿这个孩子怎么样呢？

"我名叫 21 号男孩，是一个原型，一个实验模型。我被暂时送到你们的星球上，搜集关于你们地球人所谓的情绪信息。但是，我只能和你们在一起几个月。我的制造者马上就要来接我，把我带回宇宙了。在那里，我将会被研究、被拆开，并最终被释放。我知道，这些事儿太奇怪了，你的脑子可能难以理解，因为你只是个地球人。那么，在这个关键时刻，我们是不是应该用营养品来滋养你的系统呢？"

我只是一脸茫然地看着他。

"你想吃点儿东西吗？"他说，"你们说的'吃晚餐'指的是什么？"

我意识到，这将让我回到神智健全的人中间。于是，我点点头，说："我饿了。"

"很好。"他说。

他迅速套上一件白汗衫。在那件汗衫上，他用魔术笔写了东西。

他汗衫上那些五颜六色的字是这样的：

"N.A.S.A.（努比亚人是优秀的宇航员）"

"你喜欢我的汗衫吗，名叫芬利的地球人？"他看到我在看它，就问我，"黑人和宇宙。两种很棒的东西，在一起表现很棒。"

我哑口无言。

他说："我用你们地球人的语言用得还不错吧？"

哇噻！这究竟是怎么回事？

21号男孩意味深长地笑了笑。他的目光大有深意，不过我不明白。

当他下楼时，我跟着下去了。不管怎么说，我发现自己和教练、21号男孩、艾伦夫妇一起吃的饭很美味。

烤牛肉。

四季豆。

大蒜土豆泥。

没一个大人提及21号男孩的汗衫。在吃饭的时候，他一直沉默不语。

"到目前为止，你还算喜欢贝尔蒙特吧？"教练问。

"罗素，"艾伦先生说，"教练在和你说话呢。"

"好了，"教练说，"如果你不想说，那你就别说。有的是聊的时间。"

所有的大人都互相瞥了一眼。他们没有瞥我，我很高兴。

"你喜欢这些食物吧？"艾伦夫人说。

"喜欢。谢谢你！"我说。

接下来，就只能听见刀子、叉子碰到盘子发出的声音，咀嚼和吞咽的声音，啜饮玻璃杯中的水和把玻璃杯放在木托盘上发出的声音了。

21号男孩一直盯着他的食物，直到吃完。这时候，他说："我可以带芬利回我的房间吗？"

"你吃完了吗？"艾伦夫人问我。

虽然我没有吃完，但还是点点头，说："谢谢。"

"你们男孩子玩你们的去吧。"教练说。

于是，我回到21号男孩的房间，看着他排列星座。那些星座是粘贴的，在黑暗中会发光。

"你话不多，是吧？"21号男孩扭过头来问我。

"是不多。"

"你碰到什么事儿了？"他问。

事实上，我碰到了很多事，有好事，也有坏事。要想解释清楚这些事情，需要说很多话。对我来说，那些话太多了，说不了。

我倒有点儿想聊聊我的过去，说说我为什么话不多，甚至聊聊太空，什么都想说说。但是，我的头脑就像一个拳头，总是攥得紧紧的，想把话攥住。

21号男孩面向我，说："你相信我来自太空吗？"

我耸了耸肩。

"等我升上去，你就会相信。但是，在那之前，我需要某个人来帮我完成我在地球上的使命。你看上去十分情绪化，而我对研究情绪很感兴趣。你靠得住吧？"

我点点头，因为我总体上是靠得住的。但是，我也笑了笑，因为我根本就不情绪化。至少，我想不情绪化。

他也冲我笑了笑。

"你能不能给我展示一下你们文化的一些方式？"他问我，然后，又补了一句，"请吧。"

"你今年打篮球吗？"

21号男孩背对着我说："我被设计成了一个优秀的篮球球员。地球人打不败我。但是，我觉得，等赛季开始时，我早就走了。早在你们地球人称为11月的那段时间到来之前，我就返回宇宙了。"

当他这么说时，我舒了口气。这是因为，如果他在11月前走掉，那就意味着他会错过篮球季。但是，接下来，我就提醒自己，这整个情况有多么古怪。

他彻底疯了。

他根本不可能符合系统篮球季的要求，尤其是因为他自称来自太空。篮球是一种讲规则的比赛。为了球队利益，你必须服从那些规则。21号男孩已经不按规则打球了。

我开始想，一旦开学了，如果罗素自称来自太空，他会遭遇到什么。到吃午饭的时候，他会被安排到我的桌子边。学生们会往他盘子里倒胡萝卜。

我不喜欢事情在贝尔蒙特发生的方式。

"你不能对别人说，你来自太空。"我说。

"为什么不能？"他的脸上流露出真正的好奇表情，"难道，在地球的这个地方，人们喜欢听假话？"

贝尔蒙特太复杂了，我一句话解释不清。毒品、暴力、种族关系紧张、爱尔兰暴徒……你只要说"爱尔兰暴徒"这几个字，就有可能被杀掉。在这种情况下，你又怎么能解释清楚谁把持着这个镇子呢？我闭了嘴。

21号男孩面对着我说："你为啥操心我会碰到什么事儿呢，地球人？"

我耸了耸肩，接着说："也许，我只是有点咸吃萝卜淡操心了。"

他冲我笑了。我知道这听起来有点儿不可思议，但他的表情让我心头一暖，把戳在我喉咙里的手指移走了。他的牙齿闪闪发亮，然后他就继续去贴会在黑暗里发光的贴纸了。

我坐在地板上，看他排列星座。他去掉双面胶带的小圆点，给每个星星中央都放了一个带黏胶的小圆点，把星星放在他食指的指尖，然后把它按在墙上或天花板上。他像超人那样跳起来，去固定他上面的星星，然后又优雅地落下来，而房屋的震动并不大。这主要是因为，他很高，用不着跳太高。但是，这也是因为，他显然是个运动员。他表情很坚定，就好像他的眉毛正在第一次尝试在他鼻子顶部相遇。

大约过了10分钟，他拉下窗帘，关了灯，坐到我旁边。

"假装你在太空。"他说。

这太荒唐了。我几乎想笑了。

我根本不知道太空是什么样子，但我知道，我以前从没有过此刻这样的感受。也许我应该感到害怕，或至少感到惊慌，但21号男孩似乎相当无害。于是，我就坐在那里，瞪着眼睛。

我还能再干点儿什么呢？

在绝对安静了几分钟后，我思考起21号男孩在他房间排列星星的原因。也许他想控制他自己的小宇宙，能够按照他的意愿安排事物，就像一个神似的？也许他喜欢妄想，就像一个小孩子那样。我吃不准，不过我也不在乎。

除了他，我之前就和艾琳在黑暗中坐在一起过。不过，由于我总是想吻她，我从未达到仅仅享受那种共同沉默的境界。

虽然我确定不了原因，但和另外一个人坐在一起很不错。

这听起来也许疯狂，但我真的喜欢和21号男孩在一起。

在和我年龄相仿的人中，愿意和我一起自愿沉默的人并不多。在我上的那所高中，大多数孩子呱啦起来没完，并且总是在动。

贴纸发着一种超自然的绿光。我不得不承认，我喜欢它们。

我们只是默默地坐着，坐了很久。虽然这种怪异的方式让我的皮肤有点儿刺痛，但在某种程度上，那让人觉得恰好。

"男孩子们？"教练一边说，一边打开了门，客厅里的光进来了，打破了那种状态，"你俩在黑暗中干什么？"

"凝视星星，地球人。"21号男孩说。

"这样啊，"教练一边说，一边转过头来欣赏21号男孩那众多的星座，"该走了，芬利。"

"你的居住舱在哪里，名叫芬利的地球人？"当我站起来时，21号男孩问我。

"奥谢街520-1号，"我说，"穿过镇子。"

"我今夜晚些时候去看你。"21号男孩向我伸出手。他的手比我的大一倍。

我握了握21号男孩的手，向他投过去疑惑的一瞥。

但是，就在这时候，教练说："希望再见到你，21号男孩。我盼着我们下次见面。"

我们向艾伦夫妇道别，然后教练就开着车送我回家了。

看着路过的街区，看着倾斜的连排房，看着坑坑洼洼的道路，看着到处飘的垃圾，看着被乱刻乱画的树皮，我想知道，21号男孩今晚会不会真的来看我。

就是为了想笑一笑，我想象他降落到了我们家前院。他也许坐着一个大小和人差不多的飞碟，而那个飞碟也许刚好能填进一座球场的中心圆里。他的宇宙飞船有个绿色的圆顶，仿佛一个打开的复活节彩蛋。"嗨，芬利，"在我想象中，21号男孩对我说，"让我们去巡游星系吧！"这么想着，我躲着教练，偷偷笑了。

10

"那你对罗素有什么看法？"教练问道。

我想，罗素似乎在他自己周围创造了一个强大的怪异力场。但是，这听起来有些古怪。于是，我什么也没说。

"刚开始需要观察的东西很多，"教练说，"我猜测，在一定程度上，那只是一种让某些人陷入困境的做法。我认为，他可能自以为在保护自己，但我又知道什么呢？那个孩子经历了太多东西。今晚你能来，我很感激你。你觉得，等下周开学了，你能不能带着罗素转转？"

"没问题。"

"也能保守罗素的秘密吧？"

"是的，先生。"

我们在我家门口停了车。

教练握了握我的手，说："你真是个好孩子，芬利。你明白那一点，是吧？"

我笑了笑，跳下了车。

在屋里，爷爷和艾琳正在餐桌上玩"战争"游戏。他们的牌摆差不多相等。爷爷甩每张牌都像在用空手道下劈动作把一块板劈成两半，而艾琳则把她的牌轻轻放在桌子上。只要艾琳赢了，她就会说："啊，太糟了，麦克曼纳斯先生。也许下次你就能赢，老前辈"。她挖苦人的时候，我很喜欢。爷爷也喜欢。我看得出来，因为他想藏起自己的笑容。

"那么，"爷爷说，"那个新来的孩子怎么样？"

我不知道怎么回答。我不想说他有多么古怪，也不想出卖他，说出他的秘密。于是，我只是耸了耸肩。

"你会相信他是个说不了话的哑巴吗？"爷爷对艾琳说，"你就是用棍子打他，也打不出一句话。"

"我输了。你赢了，爷爷。"艾琳一边说，一边用手示意我，让我去我卧室。

"回来，小丫头！我能赢光你的牌！"爷爷说，"打完啊！这是战争！"

但是，我们已经上到了楼梯的一半。

我们打开纱窗，跳到屋顶上，躺了下来。

我们取得了一点儿进展，这感觉非常好。然后，艾琳把头枕在我胸上说："教练带你去见新队员了？"

"一个新学生。"

我的手指穿过了她的头发，揉着她的头皮。她喜欢那样。

"他人怎样？"

"还不错。他还不错。"

"他叫什么名字？"

"21号男孩。"

艾琳大笑起来，好像我在开玩笑。

于是，我说："罗素·华盛顿。"

然后，我的手向下，摸到了她的背部，顺势又接了吻。

接完吻，我们就不说话了。我们只是躺在那里，仰望着半轮月亮，一直到我该送她回家的时候。

在艾琳家走廊上，我们似乎对视了很久。我吻了吻她，算是道了晚安，然后我就离开了。

这真是一个极好的屋顶夜晚，尤其是因为艾琳是个接吻高手。但是，我现在并没有想艾琳。我吃惊地发现，我居然在想21号男孩。

我觉得怪异。

我感到郁闷。

我为21号男孩感到难过，因为他的父母被谋杀了，他又认为自己来自太空。但是，话又说回来，他知道那么多关于星座的知识，很让人感兴趣。他似乎很聪明，脑子够用，能假装得让人信以为真。这让我不免怀疑，如果21号男孩就是在假装，教练的看法是否正确。

如果到了篮球季，21号男孩重新振作起来，会怎样呢？

即使他的水平只有教练所认为的一半好，我也会失去首发位置。

然而，教练偏偏挑我来帮助21号男孩。

如果我帮了21号男孩，我在本赛季可能会以坐冷板凳告终。

如果我不帮他适应贝尔蒙特，也将是我人生第一次不服从教练。

21号男孩的父母被谋杀了，我对自己说。被谋杀了。不要自私！

我心里也说，可这是你的三年级啊，你最后一个赛季，艾琳和你为了比赛练得很努力……

他真的认为他来自太空吗？

他想要我的号码吗？

我还想知道，如果我们最后成了朋友，真正的朋友，会怎么样呢？

我还从没有真正拥有过一个男性朋友。

我的真正朋友一直就是艾琳。

21号男孩和我已经默默地在一起坐过，并且是在我们认识的第一个晚上。

那些绿色的星座又会怎样呢？

我停下了脚步。

"我喜欢你的生活舱。"21号男孩说。

他就站在我家前面，似乎真的惴惴不安。

"你是怎么来这儿的？"我问道。

"我有一张这一部分的地图。要是没有地图，那么在你们的星球上，我哪儿都去不了。"

"你干吗来这儿？"

"我被送到你们星球上，是为了搜集科学数据，关于你们地球人称为情感的东西。"

"我说的不是这个意思。你这时候干吗站在我家门前？"

"我看到你们躺在你家屋顶上。出于礼貌，我在街对面那里的一棵大树下面，等着你的爱情伴侣离开。"

我直勾勾地盯着 21 号男孩。

他在刺探我。这本来应该会让我抓狂，但出于某种原因，我并没感到恼火。我最好奇的是，他究竟为什么来我家。

"我们能不能一起坐在那里，辨别我们在宇宙里看到的一切？"他问，然后指向了屋顶。

不知道为什么，我突然地、几乎不知不觉地点了一下头。然后，他就跟着我进了我们家。

我爸爸说："你就是那个新来的孩子？"

他要加上一次星期五的轮班，从凌晨 1 点到上午 9 点，因此正要去上班。

"新来的孩子？"21 号男孩说，"你将用来称呼我的，是不是就是英语'人'这个词，地球人？"

"他刚才是不是称我'地球人'？"爸爸对我说。他的表情看上去有些不爽，仿佛正眯着眼直勾勾地看着太阳。

我耸了耸肩。

"你爷爷奶奶正为你担心呢。"爸爸一边对 21 号男孩说话，一边困惑地盯着印有"N.A.S.A."的衬衫，"教练打电话问你是不是在这儿。我这就给他回电话，告诉他你在哪儿。"

爸爸走进另一个房间，去打电话了。

坐在轮椅上的爷爷说："附近的人不认识你，孩子。夜里一个人在镇里走不安全。"

"这个星球上还没什么东西能够伤害我呢。"21号男孩说。

爷爷说："我倒是盼着你说的是真的，但那不是真的。"

爸爸回来了。他说："教练正在来接罗素的路上。如果你们俩想说话，就出去，到前面去等。但是，我现在要去上班了。"

等爸爸离开后，我们坐在前面的台阶上。21号男孩说："我想将来和你坐在你们家屋顶上，教教你我家的情况——也就是太空。你拥有一种安静的存在感，芬利。我们将来能不能坐在你们家屋顶上呢？"

还从来没有人对我说，说我有一种安静的存在感呢。也许有人这么想过，可就是没人对我说过。

"当然了。"我说。

我喜欢"安静的存在感"这种说法，比喜欢"白兔"和"不会说话的哑巴"喜欢多了。

安静的存在感。

我端详着他的脸，想判断他是不是寻我开心、是不是在挖苦我，但他不是。他百分之百的严肃，至少我认为他是那样。

我们默默地坐着，直到10分钟后，教练停下车。他一脸倦容，尴尬地对我笑笑以表感谢，然后就开着他的卡车，把罗素带走了。

我整夜都躺着没睡，想着21号男孩。

11

开学前的那个晚上，艾琳和我正在我们家屋顶上亲热。

突然，她挣脱身体，说："那是教练的卡车吧？"

我坐起来，从檐槽的边上往下望，看到了那辆老福特车。

"芬利！"爸爸在客厅里喊道。

艾琳和我滑过我卧室的窗户，慢跑下楼梯。

"希望我没打扰到你们。"教练说。

他和爸爸会意一笑。

"没有，"艾琳说，"一点也没有。"

"和我开车走一趟吧，芬利？"教练说。

"没问题。"

"我们只需要10分钟。艾琳，我保证。"教练说。

"别紧张。我正好和我喜爱的老年人一起看看电视呢。"

艾琳扑通一声坐到了长沙发上，从爷爷手里拿过遥控器。此时，爷爷又烂醉如泥了。我祖母的玫瑰经念珠紧紧地缠在他左手上，就像铜指环。他两腿间有几个詹姆森威士忌瓶子。

爷爷的情况让爸爸摇了摇头，但谁都没说话。

当我和教练坐进车里，我看到了他额头上的汗珠，还有汗透衣裳留下的黑点。这是一个湿热的夜晚，但我看得出，教练有些紧张。

他带着我，绕着街区开车。然后，他停下来，引擎还开着，空调呼啦啦地吹。这让我感觉很凉爽，因为我们家里没空调。

"你还愿意帮助罗素吗？"教练问道。

我知道他想让我说愿意，我就说了愿意。

"那好。情况是这样的，"教练说，"你需要劝服那个男孩同意停止谈论太空，用罗素·华盛顿这个名字，再也不叫21号男孩了，至少在学校不叫。但是，考虑到课程和新环境的压力，无法保证他会不会回到老路上去，因此我希望你黏住他。我想让你整个白天都和他在一起，每分每秒。如果他必须上厕所，你就和他一起去。明白吗？"

这听起来好似教练打算让我在一场篮球赛中盯人，因为他提高了声音，就像他在赛前布置战术时做的那样。他说话更加有力了，仿佛我再也不是在帮他，而是在做我作为一个篮球队员应该要做的事情。我愿意帮忙，可我觉得情况已经发生了些许变化。要不，就是我多疑了？

"我们要是不在一个班，怎么办？"我问。

"那不用你操心。我该对艾伦先生说，他该在什么时间让罗素下车呢？"

"让他在哪儿下车？"

"在你家下车啊，这样你们就可以一起去上学。"

艾琳和我总是一起步行去学校，并且只有我们两个，而这是一天中我最喜欢的一段时间。我喜欢在早上给艾琳讲最重要的事情，并且吻她。我脑子迅速转了一圈儿，然后说："艾伦先生能不能在7点20分左右让罗素在艾琳家下车？"

"可以。"

这样，我就能够在7点去找艾琳，和她单独在一起至少20分钟。这意味着要醒得早一点儿，但我不介意。

"芬利。"

"你说吧。"

教练伸出胳膊，紧紧抱住我的肩，说："这个罗素，他比较特殊。他在贝尔蒙特这里表现好对我太重要了。他父亲是我的一个亲密朋友。"

我点点头。

"你不会让我失望，对吧？"

"不会，先生。"

"那就好。7点20分，在艾琳家。她家门牌号多少？"

我真的记不起来了。于是，我说："从我们这条街下去，就一个街区。我们会坐在前面的台阶上。艾伦先生不可能错过我们。"

"你压根儿没对艾琳提那种情况，是吧？"

"不该说的都没说。"

"谢谢你。我们要保守罗素真实身份的秘密，至少要到篮球季进行后。"

我想问问教练我的首发位置。他怎么能请我去帮助一个有可能抢去我位置的孩子呢？但是，我什么也没说。教练开着车把我送回了家。

当我们在我家门前停下车时，他说："你就对艾琳和你家人说，我们谈的是篮球，可以吗？他们没必要知道我们的秘密。"

我点点头。这个秘密让我有点儿不爽。但是，当你的教练给你分派任务时，你只能照做。

12

"这么说,这个罗素要天天跟我们一起走?"艾琳问我。

我们坐在她家的台阶上,等 21 号男孩的爷爷奶奶来送他。这样我们就能一起步行去学校,开始三年级。

"似乎是这样。"我说。

"为什么?"她问道。

我耸了耸肩。

对艾琳还要保守那个秘密,这让我觉得不爽。但是,教练对我说了,要隐瞒 21 号男孩的真实身份,我只能这么做。我知道,我能信任艾琳,她善于保守秘密。但是,出于某种原因,我也觉得,关于 21 号男孩,我应该让人们形成自己的看法,其中包括艾琳。

"你知道,教练曾经到'爱尔兰自豪酒吧'和我哥哥交谈吗?"艾琳说。

我快速地眨了几下眼睛。

听到这种情况,我感到吃惊。这是因为,虽然罗德过去给教练打过球,他们彼此认识,但黑人一般不去"爱尔兰自豪酒吧"。

"教练请求罗德到街上放话。"艾琳说。

我抬起眉毛："真的？"

"让他说罗素·华盛顿是我们的朋友。"

这意味着，教练请求罗德保护罗素。如果他真的这么做了，那么这意味着，他也去找特雷尔·帕特森的哥哥迈克了。在镇上黑人多的那一边，迈克·帕特森控制了好多条街。

"对一个不是篮球球员的孩子这么上心，教练有点儿怪啊！"艾琳说。有点儿想诱我上钩的意思。

"罗素对教练个人比较重要。"我说。

"为什么呢？"

"他们有点儿像一家人。明白吗？"

"好吧。"艾琳说。

然后，艾琳又补了一句："这么说，你忘告诉我什么东西了吧？"

她给我扮了一副滑稽的表情，这让我开始感到蠢蠢欲动了。

我把头摆向一侧，斜着眼睛看她。

她站起来，开始转圈儿。这让她的连衣裙稍微抬高了一点儿，结果我看到了她的双膝。她的连衣裙是为了上学穿的，白色的，还是新的。

我只是凝视着她。在我们整个学校，今天会穿连衣裙的女孩，可能只有她。所有其他女孩要么穿牛仔裤，要么穿短裤，要么穿紧身超短裙。

"我看上去怎么样，芬利？"她说。

我冲她笑笑，竖起两根拇指，抬起一边的眉毛。

"谢谢你。"她说，"你穿着你的新76人队T恤，看上去很帅。"

艾琳把双手放在我的双膝上，凑过来要吻我，但我们的嘴唇还没有碰上，我就听到了汽车喇叭声。紧接着，21号男孩从一辆旧的大凯迪拉克车里出来了。

我们背上背包，到车边接他。

21号男孩的装束看上去是崭新的。汤米·希尔费格牌子的活领衬衫。深蓝色牛仔裤。耐克士兵牌运动鞋。一个理发师给他理了发，头发短得紧贴着他的头皮，毛茸茸的辫子没了。

他没有背背包，而是挎着一个皮挎包。他看上去像个学龄前学生。在我们学校，这将对他不利，会让他引人注目。这是因为，在我们学校，除了毒贩，没人有钱。

艾琳伸出手，说："我叫艾琳，很高兴认识你。"

"罗素。"21号男孩握了握她的手，但没有和她眼神接触。

"你从哪里来？"艾琳问。

"西部。"他说。

这时候，我才意识到，要么精神病治疗专家彻底治愈了罗素，要么21号男孩已经隐瞒了他的真实身份。

西部？

这种回答是那样真实，那样有根有据，毫不怪异。

我为什么会失望了，这让我感到惊奇。

"你会照顾我们家的男孩子吗？"艾伦先生在凯迪拉克车里问道。

"是的，先生。"我说。

"谢谢你！"艾伦先生说，然后微微一笑，直视着我。

他戴着一顶老式的帽子。那种帽子有一条绕着360°短帽檐的红带子，从红带子里伸出一根羽毛。

当我们步行去上学时，艾琳想引导 21 号男孩聊天，但他的回答都很简短，也就一两个词，并且不问艾琳问题，就像我经常做的那样。这让我怀疑，在某些特定情况下，他是不是也是个能少说就少说的人。

我一直等着艾琳问这个 6 英尺 5 英寸[1]孩子最明显的问题。当然了，她最后还是问了。

当她问 21 号男孩是否打篮球时，他坚定地说："不打。"

虽然我羞于承认，但听到他再也不打篮球了，我还是感到高兴。我放心了，我在队里的位置安全了。

艾琳问他究竟来自西部哪个地方，也就是哪个州、哪个镇。

他说："我忘了。"

艾琳向我投过来担忧的一瞥，然后问 21 号男孩，到目前为止，他是否喜欢贝尔蒙特。

罗素耸了耸肩。

"车里是你祖父吗？"

他点点头。

"你和他在一起生活？"

"和我爷爷奶奶。"

"你父母呢？"

1　6 英尺 5 英寸约为 1.96 米。

"不要再问了。"他说，然后，他尴尬地笑笑，补充了一句，
"拜托。"

艾琳又向我投来担忧的一瞥。

当我们转到了杰克逊街，艾琳说："就在那儿，那就是贝尔
蒙特高中。"

我们的学校是一栋三层楼的砖制建筑，前面一直停着一辆警
车。在前门旁边，有一群脾气暴躁的人，他们拿着金属探测器，
对书包进行随机检查。孩子们在外面的砖上涂了乱七八糟的东西。
很久以前，就有人在墙上歪歪扭扭地喷了一行连体字——贝尔蒙
特高中吹大公鸡[1]，紧挨着我们的吉祥物一只公鸡的一侧。我们每
天上午首先读到的，就是那些字。

走廊是黄色的，非常喧哗。女孩子们在大笑。人们互相推搡着。
衣物柜噼里啪啦的。似乎没有人注意21号男孩，正如似乎没有人
注意我们那样。

我们挤过人群，查看了贴在走廊里的表格。

虽然教室是按照字母表安排的，所有姓氏以 M 或 W 开头的其
他学生都没有被分在一起，但21号男孩还是和我同班[2]。

这时候，我才意识到，教练干预了。在教练的带领下，我们
队一直成绩不错。他在这儿是有权有势的。

1　有男性生殖器的意思。
2　"我"的姓氏是"McManus"（麦克曼纳斯），21号男孩的姓氏是"Washington"
（华盛顿）。

21 号男孩的衣物柜紧挨着我的。无论我上哪节课，他也碰巧都挨着我。在排座位时，每个老师都把我们排在一起。这也意味着，21 号男孩上所有的高级班，就像我一样。不过，这说明不了什么，因为我们学校的学术水平并不高。不要觉得我有多聪明。如果你彬彬有礼，并且看上去行为端正，你就会被放进高级班。

21 号男孩尊敬我们的老师，彬彬有礼，总是和老师保持眼神交流。

在那栋楼里，他和其他学生什么话都不说。就是他们和他说话，他也是看着地板或天花板，不答话。

我担心其他同学会觉得他傲慢。在我们这里，这可不是件好事，除非你乐意挨揍。

在吃午饭时，其他篮球队员注意到了他的个头和身材，他们走到了我的桌子旁。特雷尔说："哟，白兔，这谁啊？"

"他是罗素·华盛顿，新来的。"艾琳说。

"你参加运动吗？"瑟尔说。

瑟尔是我们的首发小前锋，我们的头号外线球员。他妈妈给他起名"瑟尔"[1]，是想让人们显示对他的尊敬。他有一半波多黎各血统，这在这一带比较罕见。

21 号男孩只是摇了摇头。

"你也许可以试试篮球，"我们的大前锋哈基姆说，"你个子不低，这身材就是打篮球的料。"

1　"瑟尔"是英语单词"Sir"的音译，"Sir"有"先生""阁下"等意思。

"我看见你在我们高级英语班。你最喜欢的作家是谁？"威斯说。

就像我以前说的那样，威斯是我们的中心，他有点儿书呆子气。当我们队旅行时，他总在车上读书。他晚上戴着头灯，方便天黑了也能继续读书。

21号男孩既没有抬头看，也没有回答问题。

"好了。我知道怎么回事了。"特雷尔说，"你是个安静的人，就像你在这儿新交的朋友那样。"

"安静有错吗？"艾琳说。

"没错，白兔的小宝贝。"特雷尔说。

我看到了艾琳脸上露出了不悦的表情，但当她站起来并且扔掉垃圾时，我一句话也没说。其实我想说点儿什么的，有时候，我挺讨厌自己寡言少语这一点的。

"女士们和先生们！"特雷尔手举过头顶，喊道，"女士们和先生们！"

餐厅里的所有人都停止了说话。

等餐厅里安静下来，特雷尔说："请大家欢迎新同学。这位是黑兔，他是白兔的好朋友，和白兔一样安静。这两位也是我的朋友，明白吗？因此，就让他们干他们想干的兔子的事情吧，不要不理他们。就讲这么多。吃饭吧！"

21号男孩的新绰号让一些人发笑，但每个人都知道，特雷尔这是正式地宣布，21号男孩是受他们家保护的。

"好了，"特雷尔说，"现在你们兔子想干什么兔子的事情就干吧。还有，白兔，这个冬天你愿意提供帮助吗？你听到了吗？"

"那还用说。"

特雷尔每只耳朵上都挂了一颗大钻石。那两颗钻石是新的。他去年从没挂过钻石。

等我的队友离开了，艾琳回到桌子旁，但她没看我。

我知道，当特雷尔叫她"白兔的小宝贝"时，她希望我为她挺身而出。但是，我需要特雷尔喜欢我，这样篮球季才会进展顺利。我最关心的是这个事。再说了，在我们学校，还有更糟糕的绰号呢，其他女孩不也忍了。我那么期盼篮球季，原因就在这儿。等篮球季开始了，就会有比赛要记了，我也差不多可以每晚都在体育馆里了。世界上的其他部分就会消失。

21号男孩吃了他奶奶做的三明治后，说："我们不是兔子。"

21号男孩直视着我的眼睛，这是一天来的第一次。也许不正常的人是我，但这就好像他在试着和我交流，通过我们的瞳孔传递信息。最不可思议的是，我认为，我多少有点儿明白他试图传递的信息。

当我们离开餐厅，进了走廊，我们被喊了数百声兔子。

"嗨，黑兔和白兔！"

"最近怎么样，大兔和小兔？"

"胡萝卜快来了。我们要喂人兔！"

这全是玩笑，尤其是因为我们有罗德和迈克的保护，但不管怎么说，这多少让人感到气恼。

21号男孩和我都没说话。此外，我必须承认，我不再是楼里唯一的兔子了，感觉还不错。

13

戈尔先生又高又瘦，戴着厚厚的眼镜，留了个爆炸头，其他学生经常无情地嘲笑他。而他就是我的辅导员。虽然他经常微笑，声音柔和，总说为了我好，可我就是不喜欢他。

开学第一天，他就把我拽出了教室。这似乎犯不着，而且让我感到焦急，因为我只好把 21 号男孩一个人留下，而教练不喜欢这样。

戈尔先生的办公室贴着一层贴纸，从地板一直贴到天花板。每张贴纸上都有一个大学的名称。这多少有点儿嘲讽，因为我们学校会上大学的学生并不多。

"那么，"等我坐下了，戈尔先生说，"你到底想没想过你的未来？"

"我想上社区学院。"我说。

这是因为，如果没有奖学金，我只能负担得起社区学院。此外，我的文化课成绩相当一般。爸爸说，你可以先去上两年社区学院，然后再转学，这样到最后可以节省很多钱。我也将少贷点儿款，这看上去挺好的。然后呢，我会跟着艾琳，她到哪儿打篮球，我就跟到哪儿。

"你可以做得更好，"戈尔先生说，"不过这以后有时间讨论。"他坐在椅子上，身体前倾，"先给我讲讲那个新来的孩子罗素·华盛顿吧。"

"你想知道什么？"

"噢，我也不知道。也许，教练之所以让你在学校里守着他，就是因为刚开始吧。"戈尔先生笑了笑，舔了舔嘴唇，"你觉得，他干吗挑你？"

我耸了耸肩。

"我知道罗素的过去，芬利。可以这么说吧，我也是核心圈儿里的人。"

他在试探我，想看看我知道什么。他也可能是在耍花招儿，想骗我说出关于罗素的情况。我不喜欢他的表情，看上去像他很享受玩弄我的头脑。

"告诉我。你不觉得你和罗素之间有相似之处吗？"

"我们都打篮球。"我说。刚说出来，我就后悔了，因为我不知道戈尔先生是否知道这一点。

"没错。"他说。这让我感觉好了一点儿。"但是，我在想另外一件事儿。也许你需要说说这件事儿。这件事儿你现在已经守口如瓶有一段时间了。"

我知道他什么意思，因为打我还是个新生起，他就一直想让我谈谈那个话题，可这真的和他没关系。他并不明白他瞎猜的东西是什么。有些事还是不说的好。戈尔先生并不在这附近生活，这一点就是证明。

"我现在能离开了吗？"我问道。

"我只是想帮你，芬利。"

"教练对我说过，不要把罗素一个人留下，因此我必须回去上课。"

"教练让你做什么你就做什么，你也不问问他的动机？"

"不问。"

"为什么？"

"他是我的教练。"

"我担心你，芬利。如果你觉得你有些事想不明白，随时都可以告诉我。我想让你明白这一点，我是个不错的救生员。"

救生员？

你也不四下看看，戈尔先生，我们并没有在镇上的池塘里。

我开始有点儿生气了，而我肯定显示出了这一点，因为戈尔先生给我写了一张通行证，把它夹在了食指和中指之间。

"你现在可以自由地离开了。"他说。

我赶忙离开了。

14

在那一天的最后一遍铃声响过之后，21号男孩跟着我去了体育馆。我在那里与艾琳会合，一起做放学后的练习。

当我换上练习服时，我问21号男孩愿不愿意和我们一起练习。他说："我只想看着。"

我点点头。当我转过脸时，我笑了。这是因为，我不想帮他抢去我的首发位置，说不定他会决定给我们队打球呢。我很高兴让他坐在边线上，而我则变得更强更快。只要我在场上流汗，感到我的心脏随着身体移动而加速跳动，我就什么也不想了。这有点儿像我们看着星座贴纸时我的感受，只不过更加剧烈。打篮球让我视一切如无物。

罗素坐在露天看台上，艾琳和我则练习着投篮方式，练习自由投，做短距离冲刺。当我们做5英里运球时，他坐在橄榄球场里。当我们举重时，他坐在房间角落里。他一直在看着我们，面无表情。

最后，他开始做家庭作业了。

当我送艾琳到她家门口并和她吻别时，21号男孩在人行道上等着。然后，他和我默默地坐在我家门前的台阶上，一直到他的祖父来接他。

　　第二天，他祖父让他在艾琳家下了车，他又一次成了我的影子。

15

我们的物理老师杰弗里斯先生宣布，我们将举行一次实地考察，去"IMAX 影院"看一场电影。这部电影讲的是一次远征，那次远征把一座望远镜安装到了太空。那座望远镜名叫哈勃。

"你们想象不出来，我们今年要讨论的东西是多么适用于太空旅行，"杰弗里斯先生一边说，一边分发着同意书，"你们将要看到的图像绝对会让你们感到震惊。"

我的同班同学看上去乐于实地考察，而这主要是因为那是一种不同的东西，还可以让我们离开学校半天。但是，21 号男孩连笑都没笑，这有点儿奇怪。我觉得，虽然那只是一场 IMAX 电影，但他应该真的对太空旅行感到激动。

到了课间，我说："要去实地考察了，你激动吗？"

"激动。"他说。但是，他就说了这么一句。

我觉得最好别过多地提太空，于是我就不再说了。但是，只要杰弗里斯先生谈到实地考察，罗素就会张大了嘴，在他的课桌上磕他的钢笔。这让所有人都盯着他。我想，是不是他的神经抽搐了。

去实地考察那天，当我们在校外排队时，我失望地看到，戈尔先生陪着杰弗里斯先生。不过，当戈尔先生向我致意时，我也和他打了招呼。

我们班正好坐满了那辆短客车，它载着我们去了富兰克林学院。学院位于费城的中心城里，只有半小时车程。但这是我第二次去中心城，第一次去富兰克林学院。爸爸前几年带着我去看了几场 76 人队和费城人队的比赛，但那些比赛都不在中心城举行。

在客车上，我和罗素坐在一起。我一直看着车窗外，因为我离开贝尔蒙特的机会不多。在我们驶上公路前，我们穿过了一个叫作罗宾镇区的镇子，那里所有人都住在一座大厦里。街上没有垃圾，树上没有乱刻乱画的东西，到处都是闪亮的新车。有些房子看上去和我们学校一样大，前面的草坪比我们的橄榄球场还长、还宽。这看上去就像你在电视上看到的那样。我想知道，生活在那样一个镇子里会是什么感觉。我还想知道 21 号男孩是否在加利福尼亚也有一幢大房子，但我没有问他。

我们在那座城市里行驶。驶过一条街道两旁竖着不同国家国旗的街道。我们下了车，登上一架水泥梯子。那架梯子通向一些巨大的老式柱子。然后，我们就进了富兰克林学院。当杰弗里斯先生去取我们的票时，我们就在一尊巨大的白色富兰克林雕像旁等着。富兰克林坐在一张椅子上，那张椅子是我见过的最大的椅子。那里有几个高中物理班，我们的同学与别的学校的孩子混在了一起，但 21 号男孩和我只是默默地待在富兰克林先生旁边。

"你们两个男孩子没事儿吧？"戈尔先生问。

我点点头。

"没事儿。"罗素说。

我注意到，罗素的手一再地张开又合上，仿佛有些焦虑。

杰弗里斯先生把我们高级物理班召集起来，一边发票，一边说："我像你们这么大时，从没梦想过能体验你们将要体验的东西。看看科学的现代奇迹吧！前进，年轻人！"他是个彻头彻尾的傻瓜，完全没有感受过 IMAX 体验。

我们跟着他进了影院，坐到了我们的位子上。

我们仿佛在一个球里面，因为圆银幕看上去就像一个打开的天蓝色降落伞的内侧，让我觉得我好像正在以某种方式下坠。

如果感到恶心，你该怎么做呢？关于这一点，有个通告。你应该闭上眼睛，或者从后面退出。但是，由于我们处于一长排的中间，我觉得要想开溜是几乎不可能的。我希望后面的人不要吐在我头上。通告放完不久，电影就开始了。

那真是一种令人惊奇的体验，正如杰弗里斯先生所承诺的那样。不仅声音大，栩栩如生，还几乎是 3D 的。就好像我们在飘过太空，真的要执行太空任务。扬声器声音太大，我的胸腔都颤动起来了。我似乎能抓住行星和恒星，就像从一棵树上扯下叶子那么容易。他们甚至让莱昂纳多·迪卡普里奥来解说。

"这真够令人惊奇的。"我低声对罗素说。但他没有回答我，双手捂着嘴，好像在努力避免恶心。

当银幕上出现一幅航天飞机的画面时，21号男孩喊道："我再也不想看这东西了！"

几个人发出嘘声。接着，罗素离开座位，踩着人们的膝盖，想离开影院。

"坐下！"有几个人在黑暗中喊道。但是，罗素继续移动。

我站起来，想跟上他，确定他没问题。因为四周黑暗，台阶陡峭，21号男孩似乎真的有些烦乱。但是，戈尔先生说："坐那儿别动，芬利！"然后，他就去追罗素了。

我觉得戈尔先生会处理好那种情况，于是就回到座位上，想专心致志地看电影。但是，我做不到。

为什么21号男孩会变得烦躁呢？

在航天飞机狭窄的舱内，宇航员飘来飘去，因为那里没有重力。我看到，他们穿上宇航服，安装哈勃太空望远镜。宇宙的一些图像真的令人惊奇。看到那里距离那么远，每种东西都那么大，让我的头脑感到困惑。莱昂纳多·迪卡普里奥说，有数十亿个星系，每个星系又有数十亿颗恒星。难以想象。我时不时地想，罗素和戈尔先生去哪儿了？他们在谈什么？不过，在大部分时间里，我还是在看电影。

等电影结束了，杰弗里斯先生把我们聚到一起，领着我们出了富兰克林学院。在台阶上的巨大柱子下，我们吃着带来的午餐。我们看到，在费城免费图书馆和几座摩天大厦之间，一座喷泉喷到了空中。当我吃金枪鱼三明治吃到一半时，我看到21号男孩和戈尔先生向我们走来。他们穿过街道，走上台阶。我的同学们都在说笑，其实只有我注意到罗素回来了。

"你现在没事儿了吧？"戈尔先生问道。他的手搭在罗素的肩上，好像他们是老朋友。

罗素点点头，挨着我坐了下来。

戈尔先生走向杰弗里斯先生，留下我一个人和 21 号男孩在一起。那种沉默让人觉得尴尬，即使对我来说也是这样。于是，我说："你错过了一部好电影。近距离地看星星，真的和远远地看不一样。有些星群看上去就像某个巨人把他巨大的手指戳进了宇宙，让一切都旋转起来。差不多就是这样。听上去不可思议吧？"

罗素看着穿梭不息的车辆，没回答我。

"你为什么离开？"我问。

"我真的不想说那个，明白吗？"

"明白。"我明白要保持沉默。我就那么做了。

16

餐厅服务员第一次提供胡萝卜，是在去年9月。我盯着特雷尔，等着倒胡萝卜的行动开始。但是，首先靠近的，却是另外一个我不认识的孩子。他穿着一件大号的老鹰队球衣，使他看上去有点儿瘦小，但脸上却是一副洋洋自得的表情。当我们的视线碰到一起时，他说："喂兔子的时候到了。"他想把一堆糊状的橘红色小丘倒在我盘子上，而罗素喊起来："我们不是兔子！"不像在IMAX影院，他这次并没有发狂。他只是生气了。他有点儿吓人，目光犀利，声音里透着狂暴。他的个头就不用说了。

那个孩子惊得向后一跳，盘子掉在了地上。

餐厅里的每个人都转过来，看着我们。

死寂。

我睁大眼睛，然后笑了。我用不着担心我的新朋友，他能照顾好自己，或许还能照顾好我。

再也没有人试图给21号男孩或我的食物上倒胡萝卜了。

整整一个秋天，21号男孩白天都须臾不离我左右。即使到了周末，他也来看艾琳和我练习。但是，他连一次篮球也没有碰过，也真的没有跟我们两个中的任何一个说过什么重要的事情。

他只不过一直在场而已。

我们带他去过几次商业区，看过几次电影。我担心有什么东西会让他再度爆发，让他勃然大怒，就像他对倒胡萝卜的人所做的那样，但他的面部表情似乎从来没有变化。我们大笑的时候，他不大笑。我们微笑的时候，他不微笑。他只是在一定程度上绕着我们转。再说了，由于艾琳和我都是相当随和的人，我们真的不介意。但是，我们开始感到好奇。

当我们单独在我家屋顶上的时候，艾琳问过我关于 21 号男孩的问题，但我只是耸耸肩。教练给我透露的情况虽然不多，但我没有告诉过艾琳。我答应过教练不说，就不会说。

"我不在的时候，他说过什么有趣的事情吗？"艾琳问道。

"真没有。"我说。

这是实情。这可能是因为，我从不问他问题。

"你觉得他有什么问题？"

"有些人就喜欢安静。我就是这样。"

她笑了："安静有可能是性感的。"

艾琳的嘴唇突然压在了我的嘴唇上。我的嘴既热辣辣的，又滑溜溜的。然后，她又闪开了。她说："我倒不在意安静，可罗素老在附近。我们差不多再也没有单独在一起了。"

"那让你厌烦了？"

"嗯，有点儿。不过，至少当我们在屋顶上时，他没有来骚扰。"

我们又接了吻。热辣辣的甜蜜。

亲热十分钟左右时，我的思绪转移了。我开始想知道，为什么自打我们第一次见面后，他就再也没有提过太空。但是，我也觉得，也许最好不要提这个话题，因为他在贝尔蒙特的经历让他生活得很好，我也不想让这种情况改变。仅仅在这里生存，就够困难了。此外，我也不想引发另外一次 IMAX 影院那样的经历。

我尊重隐私。

我也喜欢吻艾琳。因此，我决定专注于目前这一刻，心无旁骛。

17

10 月末的一个晚上，我从艾琳家离开回家的路上，21 号男孩突然从一棵树后面现身，说："我们能坐在你家屋顶上吗？"

虽然有点儿晚了，但这也是周五的晚上，于是我点了点头。

发现 21 号男孩跟踪再也不会让我感到惊讶了。他一直就是这么干的。此外，就像我以前说的，只要艾琳和我需要，他就会给我们空间。

我们向我家走去。他带着一个系着带子的白盒子，肩上背着背包。他看上去有点儿不安，嘴张得特别大，仿佛在伸展他的下巴，或者像狮子那样打哈欠，但总体上看上去很精神。

当我们进屋时，我爸爸穿着夹克，正要去上班。他脸上挂着那种逆来顺受的可怜表情。只要他觉得我没在看，或者他只是厌倦了掩饰的时候，他的脸上就是这种表情。当他看到我们时，他说："你爷爷奶奶知道你在这儿吗，罗素？"

"知道，先生。"21 号男孩说，"我爷爷会在一个小时内来接我。"

"盒子里装的什么？"爸爸问。

"杯子蛋糕。"21 号男孩说。

"真的？"

21号男孩点点头。

"好，我去上班了。"

爷爷又在轮椅里烂醉如泥了。他一手拿着一个啤酒罐，一手缠着奶奶的玫瑰经念珠，膝上放着电视遥控器。电视里正在播放一种清洁产品的广告片。在片子中，魔术师约翰逊不停地说："这就像我一样。魔术师！"他每说一次，女主持人就用"魔术师"清洁棒擦去一个长沙发或一块小地毯上的污渍。

"希望我能看到湖人队有史以来最伟大的控球后卫在一家有线电视购物台上自取其辱，但有人得为这里的一切付账，因此，啊哈！我去上班了！"

爸爸的玩笑让21号男孩笑了。他笑了笑，举起了他的手。他们用傻瓜爸爸的方式击了一次掌，然后爸爸就离开了。

"该离开了，老式清洁产品！"魔术师约翰逊一边说，一边把篮球模样的旧瓶子投入远处的一个垃圾桶，"这是魔术师。魔术师！注意，污渍！你们逃不掉！魔术师！魔术师！魔术师！"

魔术师约翰逊看上去老了。

"我们走。"我说。

21号男孩跟着我上楼去了我的卧室。

我砰的一声打开窗户。我们爬出去，登上了屋顶。天气凉了，但在这里还不算太凉。也许有点儿像打开一台冰箱那么凉。

我们刚一坐下来，他就打开了盒子。令人吃惊的是，他还打开了一小包生日蜡烛。那两个杯子蛋糕是在商店买的。由于我卧室里的灯还亮着，我看到用糖霜在杯子蛋糕上绘制的航天飞机。我开始感到担心，因为21号男孩在IMAX影院行为失控过。

他给每个杯子蛋糕上都插了一根蜡烛，插得很深，导致烛芯很显眼。那里的火焰将会让每架航天飞机消失。

他用打火机点燃了烛芯，说："STS-120。倒计时10秒。8秒。倒计时5秒。4、3、2、1。'发现号'发射，开启天空的和谐，为国际科学打开新通道！"

21号男孩开始唱《生日快乐》歌。他的眼神狂野、疯狂、狂躁。

"生日快乐，亲爱的21号男孩。祝你生日快乐！"他唱着，然后吹灭了蜡烛。

他一边递给我一个杯子蛋糕，一边说："我给你买了香草的，我自己的是巧克力的。"然后，他就咬了一大口蛋糕。

我怀疑他说的关于香草和巧克力的话是开玩笑。他没有笑，于是我说："生日快乐。要是我知道……"

"就在完成我第15次环太阳旅行的前一天，我父亲没有开车送我去高中学校。"21号男孩以一种非常严肃的口吻说，"实际上，我们开向了相反的方向。当我问他我们这是去哪儿，他要么微笑，要么大笑。我们最后到了机场。当我们办理手续时，我意识到我们要去佛罗里达。我于是说，'爸爸，你是在兑现你的诺言吗？'当他向我眨眼时，我的心开始怦怦跳，因为我知道我们究竟要去哪里。我们在佛罗里达降落，找了一家旅馆。他甚至不用向我证实，因为我知道我们将要去实现他一生的梦想，还有我一生的梦想。"

风吹着，几片仍然挂在树上的干枯、易碎的叶子沙沙作响。我有点儿颤抖。

"第二天，我们驱车去了观看地点。我能看到它，能看到'发现号'航天飞机。它个头很大，矗立在塔上，只有一小片水域分开了我们。我们等着它起飞，好像等了很久。我们怀疑会不会出现什么状况。但是，在正午前20分钟，它起飞了。火箭点火时发出了可怕的声音，然后飞船的末端爆发出大量的云。那些云一直沿着地平线翻滚。那时，它升得很慢……被一种东西向上推。那种东西看上去就像一个明亮的、橘红色的熔岩圆锥体，一座长长的云塔在它的尾迹中形成。那可能是我见过的最美的东西。我还记得，当我们站着观看时，我父亲搂着我。发射结束后，在好长一段时间里，我俩谁都没说话。我们只是站在那里，微笑着。那是我度过的最好的生日。我人生中最美好的一天。"

等21号男孩讲完了他的故事，我不知道说什么好。看来，他之所以在物理课实地考察中行为失控，原因就在于此。

"吃你的蛋糕吧！"他说。

我几口就吃完了整个蛋糕。香草味儿很浓。湿湿的。那么甜，甜得我的牙都疼了。

我们默默地坐了好长时间。

"你想看那次发射吗？"21号男孩问。

"怎么看？"

"看YouTube视频啊。"他一边说，一边从他的包里拽出了一台手提电脑，"我来之前把它下载下来了。"

我们观看了那段视频。在视频中，不知什么人在宣布发射。21号男孩一字不差地重复了那个人说的关于天空的和谐和通道之类的话。我想知道，他究竟看了多少遍这段视频。

"你父亲，"我说，"他对太空感兴趣？"

"应该说是痴迷。他过去经常读那方面的书，没完没了。是《星际迷航》的忠粉。他喜欢那最后的边疆。我们也有几个高能望远镜。现在还有，在西部存着呢。"

21号男孩直视着我的眼睛，让我感觉他似乎要做一个决定。这有点儿奇怪。这是他对过往说得最多的一次。我感觉，与过去有意戒备相比，他似乎已经大大放松了戒备。但是，紧接着，他的面部表情就变了。可以这么说吧，他又一次死去了。

"我父亲今天送给我一张心灵感应生日贺卡。他说，他要送一个礼物给我，但由于在一个你们地球人根本不知其存在的星系中，一场流星雨不期而至，他预计要比他最初计划的晚到几个地球日，视速度而定。因此，看样子你和我会在一起度过更多的时间，叫作芬利的地球人。"

我有点儿想说他伪装，直接问他几个问题，尤其是在他今晚给我透露了那么多情况之后。他是不请自来，显然想一吐为快。但是，出于某种原因，我什么也没问。在不确定的时候保持沉默，这也许是我的性格。我总是这样。但是，我觉得我应该问一些问题，因为说说话会有帮助。然而，我意识到，他之所以和我说，可能正是因为我不问问题，他想怎样我就让他怎样。我不在乎他成为21号男孩，我甚至有点儿喜欢罗素。

我们没有说话，只是仰卧着，看着天空。天空中有云，我们甚至看不到月亮。

当他祖父在我们家门前停下车时，21号男孩说："感谢你和我一起吃蛋糕，地球人。"

我和他走过我的卧室，走下楼梯，出了门。

就在上车之前，21号男孩转过身来，说："我希望你能和我一起在宇宙中旅行，芬利。你拥有那种宁静的存在。祝我生日快乐，谢谢你。"

"回头见，兄弟。"我说。

然后，他就离开了。

18

　　我待在我的卧室里，为了英语课，试着读《威尼斯商人》，而它显得相当难。就在这时，有个东西击中了卧室的窗户。我抬头，看到一个雪球散开的残迹正从玻璃上往下滑。我打开窗户，冷空气冲进了我的卧室。紧接着，一个雪球击中了我的脸，散开了。

　　"打雪仗啊！"艾琳在街对面喊道。

　　我匆匆穿上夹克和鞋子，冲下了楼梯。

　　在客厅里，当我从爸爸身边经过时，爸爸喊着："火炉在哪儿？"

　　我刚跑出门外，艾琳就钻进了我怀里。

　　鹅毛大雪纷纷扬扬，整个街区银装素裹。只要这里下雪，某种相当不可思议的情况就会发生。街区变得悄然无声，所有的垃圾、碎玻璃、涂鸦都被白雪掩盖了，至少在一小段时间内是这样。这场雪下得似乎太早了，就像一个不期而至的礼物，这让这个夜晚更加美丽了。

　　在我挖了一些雪团雪球时，艾琳击中了我三次。这让我意识到，她已经储存了一些雪球。等我团好一个雪球后，我冲向艾琳，瞄准。她一猫腰，我没击中。于是，我决定把她扑倒。不过，我也不想下手太重，因为地上并没有多少雪。她一开始并没有怎么想抵抗，但接下来她试着和我摔跤。于是，我抓住她的手腕，用肘部别着她的胳膊。我们接吻了。

此时此刻，我们的嘴唇是世界上最温暖的东西。

"这不是很令人惊奇吗？"她说。

这时，雪滑过我的耳朵，全落在了她头上。

"是令人惊奇。"

"让我们整夜都坐在屋顶上，看着它落下。"

"好。"

我们看到两个车前灯靠近了。这有点儿奇怪，因为这里的大多数人害怕在雪里开车。

我们站了起来。我认出来，那辆福特卡车是教练的。

"教练为什么在这儿？"艾琳问。

"不知道。"

教练慢慢停下车，摇下车窗，说："芬利，和我绕着街区转一圈儿吧。"

我看着艾琳，耸了耸肩。

"我会用雪球砸爷爷。"艾琳说。她真的从她的雪球堆上拿起一个雪球，慢步向我家走去。我怀疑她是否真的会把它扔向一位老人，她可能只是带着它离开，因为爷爷和我一样喜欢艾琳。

我坐进了车里。当我想暖和我的手时，从空调出口流出的热气烫了我的手指。

教练并没有开车绕街区转。他说："罗素怎么样？"

"很好啊。"

"你跟他谈过打篮球吗？"

"谈过。"我撒了个谎。自打他生日以来，他变得特别安静。我觉得他真的不想谈论篮球或别的什么，于是我就没让他谈。但是，教练不想听到那种情况。

"他说了什么？"

"实际上什么也没说。"

"什么也没说？"

"没有。"

"关于篮球，他说了什么？"

"我觉得，他不想打篮球。"

"是罗素说的，还是你认为的呢？"

"他真的不太稳定。"

"你是个精神科医生吗，芬利？"

教练此前从来没有这样对我说过话，他的声音里带着嘲讽。我能感觉出来，他对我有些生气。这也让我恼火了，因为我每天和 21 号男孩一起去上学，每顿学校午餐都和他一起吃，让他成为我的影子，到现在都两个多月了。再说了，今晚我和艾琳本来好好的，是教练打扰了我们。

"不是，先生。"我说。

"我希望你保证让罗素明天放学后在护士室接受体格检查，保证让他参加星期五的队会。明白吗？"

"明白。"

"等你看到那个男孩打篮球，你就会发现这为什么那么重要。相信我。"

"好。"

教练在黑暗中伸过手，按了按我的肩膀："谢谢你，芬利。这不仅事关篮球，不仅事关球队。罗素喜欢你。你正在帮他。"

我不知道该怎么说。这是因为，只要我还有判断力，那么就可以肯定，我似乎并没有帮助他，他也真的没有什么好转。

"替我向你的家人打个招呼。"教练说。

我点点头，然后冒雪向我家跑去。

艾琳和爸爸在看76人队的比赛。爷爷的衬衫湿了。这让我知道，她真的向爷爷扔了一个雪球。

"她是个爱发脾气的女孩子。"爷爷对我说。

爸爸笑了："她跑进来，砸中了爷爷的胸口！"

"要是我有腿……"

"就是，"艾琳说，"没腿老人的借口。"

用这种方式和爷爷说话而不遭到责备的人不多，但艾琳对我们很特别。她和我们在一起，她是家人。

"上来，芬利。"艾琳说。

接下来，我们又上了屋顶。我们看着贝尔蒙特变白了，一时间成了一片雪花。

"教练想干什么？"艾琳问。

"他觉得我们应该鼓励罗素打篮球。"我说。

"酷！"艾琳一边说，一边爬到了我上面。

到了早上，雪几乎化完了，因此没有雪天。

当我们步行去学校时，艾琳说："罗素，你对打篮球感兴趣吗？"

"不知道。"罗素说。

我瞟了一下他的脸，他正在把他的嘴唇吸进他的两排牙齿之间。他看着我的眼睛，就好像在请求批准。我知道，我应该鼓励他打篮球，但出于某种原因，我没有鼓励。

"今天放学后在护士室进行体检，"艾琳说，"最好体检一下，以防万一。你可以和芬利一起去。"

罗素点了点头。

我什么也没说。

那天下午，我们都通过了体检。但是，我没有和他谈篮球。

在季前会议那一天，艾伦先生给我们打电话说，罗素要请病假。这是他到这里上学以来第一次请病假，而我怀疑这是不是和会议有关。

放学后，我们队在餐厅会合。教练迅速地发了同意书，还发了一张训练表。训练将从感恩节之后的那天开始。仅仅把那些纸张塞进我的背包，就让我忙活了一阵，因为从这一刻起，这一年的篮球经历正式开始。

会议结束后，我的队友都匆忙离开，去进行橄榄球训练了。这时候，教练说："芬利，我们能走走吗？"

我留了下来。当只剩下我们两个时，教练说："关于篮球，罗素都和你说过什么？"

又来了？教练干吗不放过这个事呢？

"我们体检了。"我说。

"那好。但是，这个男孩子今天拒绝上学，而今天是开篮球会的日子。他爷爷奶奶对我说，他又开始说太空了，还说他的父母正坐着宇宙飞船来接他。"

我看着学校的工友在餐厅的另一边倒垃圾桶。

"你没告诉他，他应该打球？你鼓励过他吗，芬利？"

"他不想谈篮球，"我说，"我们根本没说多少话。"

教练叹息了一声，脸上现出厌烦的表情："听着，一定要保证第一次练习时他在场。就让我们看看，对作为球队的一部分、奔跑练习，他做何反应。要让他恢复正常。他需要那个过程，即使他压根儿不打比赛，仅仅成为某种东西的一部分也起作用。你，以及所有人，都应该知道这一点。"

我必须承认，我对教练有点儿生气。他干吗不麻烦特雷尔、威斯或别的任何首发队员，要求他们帮助21号男孩呢？为什么单单给我分派这么个任务？我就想安静地打篮球。

"我知道你不会让我失望。"教练说。然后，他轻轻拍了两下我的右脸颊。

19

感恩节到了。我们戴上了手套、帽子，围上了围巾。

艾琳、21 号男孩和我啜饮着热巧克力，看着我们的橄榄球队在主场输掉了本赛季最后一场比赛。

这里的人们喜欢橄榄球，但与篮球比赛相比，气氛就没有那么热烈了。这是感恩节，因此气氛比平常要热烈一些，但也就那样。贝尔蒙特就不是一个橄榄球城镇。

然而，我们军乐队的中场表演非常令人肃然起敬。他们演奏了迈克尔·杰克逊的歌曲。演奏以令人惊奇的《战栗》终结，伴着僵尸舞步。

21 号男孩和我们坐在球场一个狭小的空间里。那里几乎全是白人。这让他多少显得有点儿醒目，但没人说什么。

这与我们的篮球场不同，我们那里是有意分开的。但是，贝尔蒙特的公民通常与和他们看上去最像的人坐在一起，一直都是这样。

当我们的队表现不错时，我们三个会喝彩。但是，我们没说太多别的东西。在观赛期间，我一直想问 21 号男孩明天是否会参加篮球队练习，但我又不想问。当特雷尔在第四节掷了一个拦截时，贝尔蒙特橄榄球队以 2:6 的比分结束了赛季。因此，他们没有打入季后赛。我的篮球队队友没一个人受伤，因此我觉得橄榄球赛季很成功。我知道，教练也会这么想。

当我们退出看台时，我们碰到了帕特森夫人。她是贝尔蒙特第一号的篮球迷，也是特雷尔的母亲。她戴着一顶豹纹帽子，穿着一件看上去像浴袍的皮夹克。她很时髦。她一看见我就喊起来："白兔！来这儿，孩子。"

我走向帕特森夫人。她给了我一个热情的拥抱，然后亲吻了我的双颊。她对她的朋友们说："你们知道这里的这个帕特·麦克马纳斯的男孩吗？现在，真正的赛季到了。篮球！这个年轻人会给我的儿子喂了一冬天好球。我将为白兔和我的特雷尔加油，一直加油到州冠军。没错吧，白兔？"她的朋友们全都把贝尔蒙特橄榄球队的队服套在上衣上，但没有一个人的孩子是篮球队员。

"没错，女士。"

"看他多不爱说话，多有礼貌啊，就像他父亲上高中的时候。"一个接了深紫色头发的大块头女人说。

其他女人全都笑了，一边笑，一边"嗯嗯"。

"那就好，白兔，"特雷尔的母亲一边说，一边向艾琳礼貌而有点儿草率地点点头，"你和你的女朋友、不说话的高个子影子一起跑出来了啊。继续跑吧。"当时，艾琳和 21 号男孩站在 10 英尺[1]之外的地方。

1　1 英尺约为 1.3 米。

我们发现教练和贝尔蒙特其他教职员待在停车场上，他们用纸杯子喝着啤酒，假装我们这些学生不知道杯子里是什么。教练对我说，希望明天上午（那是篮球赛季正式开始的时候）见到我，祝艾琳好运。然后，他说他会开车送21号男孩回家，因为他要到那里和艾伦一家吃感恩节晚餐。

最后，就剩艾琳和我了。我们手拉手，向我们的街区走去。

这里的树没几棵，树叶已经落尽。但是，由于我们的街区没人愿意扫扫树叶，我只好嘎吱嘎吱地在人行道上走着。

"你知道吗，"艾琳说，"我们这个篮球赛季也许能在一起，也许我们不一定要分开？"

我什么也没说。

我和艾琳每年都要说这些话。

她觉得，即使我们的时间表排得很满，也和我们在一起或不在一起没多大关系。但是，我认为，在篮球赛季里，恋爱会让人分神，我和艾琳没办法只做普通朋友。如果我每天在午餐、上学前、我的衣帽间看到她，我会把持不住，我也无法百分之百地把注意力集中在赛季上。我爱艾琳的程度和爱篮球的程度一样，这会引发注意力的冲突。再说了，如果我们在我家房顶上接吻或拉手，那几乎可以肯定会让我投篮时心不在焉。学校作业和照顾爷爷已经够我头疼了，要是再在篮球赛季里有个女朋友，我心理上承受不了。

我喜欢和艾琳亲热，喜欢拉着她的手，喜欢她冲淋浴后头发散发的桃子一样的气味儿。这差不多就像我喜欢体育馆冬天散发的混合着汗味儿的皮革味儿，喜欢作为队员，喜欢和那帮家伙一起训练。再说了，拥有一个女朋友和参加一个队并不互相排斥。它们各自满足了一种需求，也许满足的还是相同的需求。篮球和艾琳让世界其他部分远离了我，让我专心致志，让我遗忘，让内啡肽流动。最好只喜欢其中的一个。这将是我和艾琳分手的第四个赛季，我们过去也总是能够复合。那么，我今晚为什么会有这种奇怪的可怕感觉呢？

见我不会和她争辩，艾琳说："你不担心我和别人约会吗？"

我笑了。因为我知道，她说着玩呢。

篮球将成为她冬天里的男朋友，就像它会成为我的女朋友那样。

"笑什么？"她说。

"你也需要把注意力放在你的赛季上。"

她明白这是实情，因为就内心深处而言，她也只想关注篮球。她只不过是在赛季开始前的那天晚上有一点点伤感。

"我们难道不能一起去上学，边走边聊？不能在午餐时坐在一起？你是不是有点太极端了？"艾琳笑了。她的笑带着一点嬉闹的意味。她在和我调情呢。我知道，她明白我们为什么为了篮球而分开。

"我必须全神贯注，"我说。我想到了21号男孩打球的可能性。于是，我补了一句：

"尤其是这一年。"

"为什么？"

我耸了耸肩，因为我没被准许告诉她实情。

她轻轻地用胳膊肘捣了捣我的肋骨："告诉我，为什么你说今年！"

我不知道还能说点儿什么。

"你为什么非得这么古怪啊？"艾琳说。不过，她一边说，一边握紧了我的手。于是，我明白了，她没生我的气。

我打算亲吻她的双唇，因为篮球赛季还没有正式开始，我就真的那么做了。

20

艾琳和我的感恩节大餐是在坤恩家吃的。餐厅非常狭窄，连把折叠椅打开坐下都有点儿难。没有一把椅子是相配的。桌子是木质的，很旧了，上面有很多刮痕。银器不仅不配套，而且粗劣。艾琳的父母穿着令人感到压抑的旧运动服。她妈妈穿的是粉红色米妮老鼠牌子的运动服，她爸爸穿的是纯海军蓝的运动服。

罗德也在。说真的，他让我有点儿害怕，尤其是在知道据说是他对唐·利托做的那些事情的情况下。

在吃饭时，罗德说："这地方有人找你们麻烦吗？"

"没有。"我说。罗德脖子上现在刺着文身。是用爱尔兰文写的某种东西，我觉得是。我不懂爱尔兰文。

"你呢，艾琳？"他问道。

"没有。"艾琳说，"你还打球吗，罗德？"

"不打了。"他说。

这让我感到难过，因为在我们还小时，他一直陪我们打球。他是个了不起的控球后卫。当罗德还在贝尔蒙特高中给教练打球时，爸爸常常带着我去看他把球打回对方。罗德相当令人敬畏。

有一次，我看到他在和彭斯维尔的比赛中拿下了三双，其中包括16次助攻、18分和10个篮板球。

"你们队今年是不是会好一些？"他问我。

"我觉得会。"我说，"艾琳的队也会这样。"

"教练差不多是我认识的唯一的好黑人。"罗德说，无视我说的关于他妹妹的话，"那的确能说明什么。"

艾琳张开嘴，无疑是想告诉罗德当心他的种族主义言论，但紧接着她就改变主意了。她不想让家人在感恩节发生争执，尤其是罗德几乎不来家里的。这让艾琳感到烦恼。她思念罗德，思念在我们还是孩子时和我们打球的那个罗德。他过去从没说过种族主义之类的东西。

我也想说些什么，像"我认识很多不错的黑人"之类的话。但是，我也清楚我在这个街区的地位。事实上，就像别的所有人那样，我也害怕那个新文了身的罗德。

我们默默地吃着饭，这样过了几分钟。

艾琳的父母比我父亲老点儿，也有点儿奇怪。她爸爸像我那样安静，在吃饭期间避免眼神交流。她妈妈是个神经质的女人，从厨房里来了又去，好多趟，从来没有真正坐下来吃上一口，更别说聊天了。

艾琳的父母看上去有点儿像皱瘪的僵尸。这听上去有些可笑，却是实情。他们俩谁都没有多少活力。

在某些方面，他们的连排房屋比我们的要好点儿。他们甚至拥有一台平板电视、一台电脑，还连了网。但是，我怀疑罗德为此掏了不少钱，因为坤恩先生失业很长一段时间了，坤恩夫人在市政厅当秘书，挣不了那么多钱。在贝尔蒙特，有些问题你最好别问，因为谁也不想知道答案。

在吃饭期间，坤恩夫人对我说得最多的一句话是"我再给你添点儿肉吧"。

艾琳想让所有人都说话，就问我们都会对什么感恩。

"火鸡。"她爸爸说。

"家人。"她妈妈说。

"圭内斯和詹姆森。"罗德说。

"篮球。"我说。

"芬利。"艾琳说。

"还有艾琳。"我说。

"还有篮球。"艾琳说。

艾琳和我四目相交。

罗德轻蔑地哼了一声，摇了摇头。

我们默默地吃完了饭。

罗德刚吞下他最后一口南瓜饼，就离开了。

坤恩夫妇在长沙发上睡着了。

艾琳和我洗了盘子，晾干，然后就去我们家了。

在我们家，我们发现爷爷又一次坐在轮椅里烂醉如泥了。他手里抓着奶奶的绿色玫瑰经念珠，一碰到节日他就这样，因为节日让他更加怀念他的妻子。

我们给爸爸拿出艾琳包好的食物盘子。在他吃的时候，我们陪他坐着。

"你对什么感恩？"艾琳问爸爸。

"为我儿子有个这么好的朋友，"爸爸说，"也为了这盘好吃的食物。"

艾琳笑了。

"你俩为篮球季准备好了吗？"爸爸问。

"你知道的。"艾琳说。

"人啊！我希望我还在高中打篮球。"他说。爸爸的眼神有些恍惚，也许又想起了那时候的妈妈。

谁也没再说话。爸爸吃完了。

爸爸刚吃完饼，艾琳和我就上楼到了我的卧室，爬到了屋顶上。我们带了鸭绒被，把自己裹成一个巨大的茧。我们呼吸着夜晚的清爽空气，这让我又想起来打开的冰箱。

我曾计划和艾琳一口气亲热半小时，因为在至少三个月的时间里，这是我们最后一次接吻了。如果我们各自的蓝球队都打进了决赛，那么有可能要过上四个月，我才能再次体验到艾琳的嘴唇。我把手伸进她的衬衫，抚摸着她光滑、结实的脊背。我想今晚心无旁骛地与我的女朋友在一起，不去想篮球，但我做不到。

"你怎么了？"终于，艾琳问话了，"完全不在状态。"

"我有点儿担心明天。"我说。

风吹得有些猛了。虽然现在艾琳在我上面，她的身体又非常暖和，我还是打了个寒战。

"为什么？"她问道，"到现在你都当了两个赛季的首发控球后卫了，教练喜欢你，你处在人生最好的阶段。你在赛季后练得那么刻苦，为了做准备，你做了你能做的一切。对你来说，这将是了不起的一年。勤奋会换来成功回报，不是吗？别忘了我们夏天的座右铭。"

我还没来得及说话，艾琳又说："你究竟怎么了？有好几个星期了，你都怪怪的。在我们午夜分开之前，你最好告诉我，不然你会苦恼好几个月。"

"你能保守秘密吗？"我问她。

她是对的，我应该把那种情况跟她说说。我知道，我要是告诉了艾琳，就等于背叛了教练。再有就是，我会有负罪感。但是，我再也不能保守那个秘密了。

"你知道我能。"

我盯着她酢浆草绿色的眼睛。接下来，为免欲言又止，我赶忙说："罗素的父母被谋杀了。"

"你说什么？"

"他之所以在这儿，是因为他父母被谋杀了，然后他疯了，不得不生活在一所创伤后应激症儿童之家里。只要我们俩单独在一起，罗素就叫他自己21号男孩。他说他来自太空，他父母将坐着宇宙飞船来接他。"

艾琳张开了嘴，但她什么也没说。

"我说的是真的。罗素来和他爷爷奶奶一起生活时，教练告诉了我一切，还让我帮助他。教练和罗素的爸爸是好朋友。罗素用了一个假姓氏，因为他以前在加利福尼亚打球，是个全国都想征召的控球后卫。教练想让我帮助罗素适应贝尔蒙特，好让他为我们打球。他将夺走我的位置，艾琳。我之所以以前什么也没说，是因为教练叫我不要告诉任何人。"

"哇哦，"艾琳说，"我想说，哇哦！那就能解释很多东西了。他真的相信他来自太空吗？"

"我想那可能只是一种伪装，但他一直都那么说。"

"他拥有一个运动员的身体，是个人都能看出来。"艾琳说，"为什么你以前不跟我说？"

"教练不让我说。"我说。

"你应该告诉我，我和你无话不谈。我们都知道秘密把人们永远困在了贝尔蒙特。你是想永远被困在贝尔蒙特吗？还是想和我一起离开呢？"

"你知道我想和你在一起。我真的想离开这个鬼地方。"

"那么该怎么做呢？"

艾琳看上去真的生气了，于是我说："我很抱歉。好吧？"

我仰望着天空。天上云太多，什么也看不到。

关于秘密的说法，艾琳是对的，但艾琳知道，教练让我做什么，我就会做什么。

等我觉得紧张局面过去了，我说："我不想让罗素夺走我的位置。"

"说不定教练只是夸大其词？没准儿罗素并没那么优秀？"

"我不知道。问题就在这儿。我希望我知道，这样我就能拿定主意。"

艾琳吻了吻我的鼻尖，说："你甚至不知道罗素明天会不会露面，是吧？"

"看样子他并非真的想打球。"

"就是他露面了，他也好长时间没练习了。他不在状态，因此你更有优势。教练永远不会忘了你，不会忘了你为球队做的所有艰苦工作，不会忘了你为罗素做的事情。教练要你和罗素交朋友，你那么做正是为了教练。让我们假设一下，这只是聊聊哈，你最担心的事情成真了，即使你失去了首发位置，出现了那种最糟糕的情况，教练也会把你当第六人来用，对吧？"

"我不想成为第六人，"我说，"我想成为首发控球后卫和队长。"

"就像我以前说的，明天好好打球。你的比赛是你唯一能够控制的东西。"

我吻了她的脸颊。她向下动了动身体，好把头枕在我的胸上。

"罗素的父母真的是被谋杀的？"艾琳问我。

"是的。"

"这就解释了他为什么那么安静，太不幸了！我的意思是说，我的上帝啊。谋杀。"艾琳停顿了一下，接着说，"那就是教练挑你帮助罗素的原因吗？"

"你什么意思？"

"我不知道。我刚才想到……嗯。"

"什么？"我问道。

"忘了吧！"艾琳说。

"我没有早点儿对你说，很抱歉，但是，教练……"

"那是怎样发生的？"

"什么怎样发生的？"

"罗素的父母是怎样被谋杀的？"

"我不知道。"我说，"他不愿意说。我看得出来。"

"他什么都不愿意说。"艾琳说。

"我能理解原因。"我说。

这句话似乎终结了我和艾琳的对话。

我们躺在那里，一起呼吸了一会儿。在月光下，我能看到我的呼吸。

我感到我的心跳和她的心跳是那么近。

艾琳说："你有没有意识到，罗素真喜欢和你在一起？他整天跟着你，就像一条迷路的小狗。还有他看你的眼神。你没注意到，是不是？他喜欢你，他需要你。今年，你是他的好朋友。你一直在帮他。如果他为了球队出来，那很可能是因为，这样他就能在冬天里也和你形影不离，你们俩就能继续在一起。"

"他之所以跟着我，只是因为教练就是对他那么说的，"我说，"那是唯一的原因。"

"不，不是，芬利。那是因为你是个好人，那是因为你好相处，那是因为你是你。你不要求别人，你从没说过泄气的话，永远不说。让人费神的人太多了，但你不是这样。你只是通过默默地做你自己，给予人们力量。"

我认为艾琳说得不对，但我什么也没说。

我们互相抱着躺在屋顶上，直到午夜。

我送她回家。在她家前面的台阶上，我们又吻了一次。

"祝赛季好运！"我说。

"你今年会很棒。"她说。

"好。"我向后退了一步。

"我们真的不得不分开吗？"

"也就几个月。"

"等篮球赛季一结束，你还会当我的男朋友吗？"她问道。

虽然这违反了规则，但我还是点了点头。在过去几年里，我曾经主张，我们不得不真的分开，让我们的关系暂时中断并不等于分开，因为我们会止不住地想我们团聚的日子，而那会让我们从篮球上分神。但是，事实上，我们都知道，这真的不过是一种暂时的分离。我们肯定会一起度过我们人生剩下的日子。

"我还是走吧。我们需要休息，为了第一天休息好。"我说。

她点点头，然后就进屋了。

我是个光棍。

我只是个篮球队员，只是个控球后卫。

这将是一个有趣的赛季，肯定的。

赛季

"有时候，一个球员最大的挑战是去把握他在队里的角色。"

——斯科蒂·皮蓬

21

像往年一样，我是第一个到的。

我们今天有早练，因此体育馆还没开门。我不得不在外面等教练出现。

天很冷，尤其是因为我穿着短袖运动衫和短裤。

威斯·里斯来了，他身高 6 英尺 7 英寸[1]。他一边走，一边看着一本书。那本书用牛皮纸包着。他推了几下门，甚至都没看见我。等他发现门锁着，目光才从书上移开，说："嗨，你在那儿啊，白兔。刚才没看到你。"

"嗨！"我说。

他举起他的书："拉尔夫·艾里森写的，《看不见的人》。写得不错。"

虽然我从没读过拉尔夫·艾里森写的书，但我还是点了点头。老实说，我不知道他是谁。

瑟尔和哈基姆接着出现了，我们全都击了击掌。

1　6 英尺 7 英寸约为 2 米。

特雷尔是他哥哥迈克送来的。迈克开着一辆破宝马车，那辆车有着镀铬的轮毂，车窗是浅色的。当他慢慢开走时，从他车内传出的立体声中男低音震动了我的胸腔。

"教练呢？"特雷尔问道。

"不知道。"我说。

他戴了一条金链子，他的号码"3"挂在金链子的上面。这真够新鲜的啊，我想。

助理教练瓦特兹出现了。我们知道教练真的迟到了，因为我们的助理教练从不守时。

而教练从不迟到。

从不。

出什么事儿了？

我站在那里，和其他队员挤在一起。这时候，我突然意识到教练为什么迟到了。

我突然出了一身冷汗。

他在尝试劝说21号男孩来练习。

"白兔，你看上去为什么那么紧张？"特雷尔问我。

我摇了摇头，耸了耸肩。

"你应该把你该那死的破嘴多张开几回，"哈基姆对我说，"只有在你招呼大家打球时，我才能听到你说话。"

"你在读什么书？"特雷尔对威斯说。

"拉尔夫·艾里森的书。"威斯说，连头都没抬。

"谁是拉尔夫·艾里森？"特雷尔问。

"最重要的非洲裔美国作家之一，"威斯说，听起来就像一种一些人会说它深奥的东西，"你的传统的一部分。一个你真应该读读的作家。"

特雷尔迅速向我们其余的人做了个鬼脸，从威斯手中抢走了书。

"还给我！"威斯说。

特雷尔翻了翻书，然后喊道："《哈利·波特》！这个傻瓜在读一个男孩巫师的故事！"

所有人都笑威斯，连助理教练瓦特兹都笑了，但我并没有完全搞懂原因。

就是威斯想读《哈利·波特》，又能怎样？

谁在乎啊？

我想对特雷尔说点儿什么，可我舌头不管用。我觉得我脸红了。

"为了高级英语，我们必须读它。"威斯说，"它是指定读物。这不是我的错！"

"他说的是真的，白兔？"瑟尔问。

"当然是真的。"我说。我就是想拯救威斯，不想让他听上去像个撒谎者。

威斯向我投来一丝感谢的目光，然后从特雷尔那里抢回了他的《哈利·波特》。

"《哈利·波特》里有黑人吗？"特雷尔问。

"那有什么关系呢？"威斯说。

还没等特雷尔回答，教练就停下了他的卡车，车里坐着 21 号男孩。

"看看他是谁，白兔。"特雷尔说，"你的影子。想过黑兔不打球吗？"

"他干吗和教练坐一辆车？"哈基姆问。

"不知道。"我盯着天空，到处是灰蒙蒙的。

教练打开了体育馆的门，我们都走了进去。

我决定忽视21号男孩，只关注我自己的目标。即使我和艾琳在篮球赛季里不说话，艾琳也是我自小学以来最好的朋友。那么，忽视21号男孩，应该不会让我感到难受。到了优先考虑的时候了，到了打篮球的时候了。我的队友需要我。

对吧？

唯一的问题是，21号男孩的父母被谋杀了。我知道我应该帮助他，因为他正在遭受痛苦。

当我们投篮时，21号男孩在我附近徘徊，但我就是不停地移动，追着篮板球。我从没真的在意过有个影子，但现在21号男孩的在场让我觉得有点儿沉重了，好像它能让我慢下来。这几乎就像在赛季里有个女朋友，会让人有额外的牵挂。

我一度吸引了罗素的注意。他看上去真的紧张，真的害怕，让我有点儿生气。这是因为，如果教练的评价是对的，21号男孩就是体育馆里最好的篮球队员，那他还担心什么？

等教练吹了哨子，我们全都靠着墙坐下来。21号男孩扑通一声挨着我坐下，但我没有看他。教练说，他有的队服只够18名球员穿，因此下周就会裁人。靠着墙坐的有 26 名球员，这意味着有 8 名球员将被裁掉。

　　教练谈了我们的目标是赢一次州冠军。他谈了我们协作、苦练，以及我们应该怎样成为一个整体，成为一个家庭。这些全是他每年都说的东西。

　　这样的话我听了有一千遍了，但即使这样，教练传递出的信息依然让我感到精神焕发，注意力也更加集中。我的肌肉准备好了，我的心脏想怦怦地跳，我的思绪想要停下。那就像进入了一种出神状态。

　　要说在我的人生中，还有什么东西有点儿意义的话，只有赛季了。那是我的一个清晰目标。人们走到一起来完成这个目标，社区则赞扬这个目标。篮球是这里唯一能做好的事情，是人们不断支持的唯一事情。也许除了艾琳，这是到目前为止我人生中最好的东西。

　　我们很快就开始了全场练习，但即使在混乱的战线中，我也没有失去 21 号男孩的踪迹，因为他的表现太糟糕了，每个人都注意到了他。

　　他一传的球飞进了看台。

　　他每次打防守都防不住。

　　他看上去糟透了，仿佛喝醉了似的。

　　他弯腰弓背，双膝并拢，而这是糟糕的篮球姿势。他总是仰望着灯，似乎在盼着被送上太空，又好像在祈祷。很显然，他真的不想待在这里。

但搞笑的是，这并没有让我感到高兴。我真的开始担心 21 号男孩，因为他看上去几乎要哭了。我太担心 21 号男孩了，这也影响到了我的比赛状态。当我传了一记烂球时，教练喊道："你怎么了，芬利？你也在竞争你的首发位置！没有免费的午餐！"

教练此前还从没那样吼过我。这真让我感到紧张和困惑。

为了让教练满意我的表现，21 号男孩和我都要打得好，这似乎不公平。我发现我仍然和一队练习，这让我松了一口气。

21 号男孩和二队练习，但就是在看我打了 20 多分钟后，他似乎仍然记不住那些打法。

他表现糟糕。

太糟糕了！

糟糕得令人难以置信。

他的表现几乎是滑稽的。

其他首发队员交换着愤怒的眼神，摇着头，咕哝着骂人的话。因为罗素一个人就毁掉了练习的流畅性。

就好像 21 号男孩这辈子根本没碰过球。

几乎好像他是故意的……

那时候，我明白了究竟在发生什么，明白了教练看上去那么泄气、那么恼火的原因。

因为在接下来的两小时，我拼尽全力地打球，但我的脑子溜号了。

在练习即将结束时，女队进了体育馆。我瞥了一眼艾琳。她观察着我的每一个动作，用她的眼神给我打气，鼓动开腾的斗志。我希望我能告诉她正在发生的情况，但我们要三个月才能再次说上话，这就是问题所在。

我的训练服因被汗水浸湿而变得沉重，我的头发和皮肤滑溜溜的。因为21号男孩，我的肌肉累了，我的脑袋也累了。篮球此前还从来没有这么令我紧张过。我想得太多了。运动员什么都不想时，是最好的状态。

当我们做结束练习的短距离冲刺时，虽然瑟尔、哈基姆、特雷尔不累时都比我快得多，21号男孩可能也这样，但我每次都确保第一个完成。我也累了，但由于我天赋不如那些顶级球员，我不得不在表现上胜过天才，就像爸爸说的那样。于是，我奋力奔跑，每次短距离冲刺都以5～10英尺的优势获胜。

我努力弥补我练习中的糟糕表现。肺部很快就烧起来了。双腿也在抗议，似乎要离我而去。

21号男孩每次都跑倒数第一。

他看上去很可怜。

"停，过来！"教练说。

我们聚在一起，把我们的手放在中央。就这样，我们用身体组成了一个大轮子，而我们的胳膊是轮辐。

教练说："第二场训练3点开始。芬利和罗素，我想让你们去教练办公室一趟。现在数三个数，喊加油！一、二、三……"

"加油！"每个人都喊道。

接下来，我跟着教练进了他的办公室，罗素跟着我。瓦特兹教练集合其他人，进了更衣室。女孩们占据了球场，传来了她们运着十几个球发出的声音，还夹杂着二十多双运动鞋冲击硬木地板发出的声响。

21号男孩和我分别站在办公室的两侧。

教练关上门，说："芬利，我要你帮助罗素融入贝尔蒙特，对吧？"

我点了点头。

"根据我对你说的罗素的情况，难道你不认为，如果他今年给我们打球，那么我们队今年达到目标的机会就会更大吗？"

21号男孩看着他的鞋子。

"他已经知道你从一开始就得到了暗示，因为我把咱们的谈话对他说了，"教练说，"所以你就回答我的问题吧，芬利。"

"是的。"

是的，如果一个全国都想要的全明星控球后卫取代我打球，球队会更好。

"那么，你干吗对罗素说，不要出来给球队打球？"

我的眼睛几乎要从眼眶里蹦出来了。我从没对罗素说过不要给球队打球。从没！我张开了嘴，但说不出来话。我的舌头就是不管用。

我感觉我的心像一只松鼠，正努力向上爬，要爬出我的喉咙。我的手攥了起来。汗珠从脸上跳到了地板上。

"他真的从没对我那样说过，"21号男孩说，"一个字都没有说过。"

"什么？"教练对 21 号男孩说，"你今天早上还对我说，芬利说你不应该为我们队打球。"

"我没那么说。"21 号男孩说，"我说的是，我能看出来，他不想让我打球。他从没对我说不要打球，也从没请我打过球。他从不鼓励我，我能看出来。教练，这是芬利的三年级。我不想卷进来，毁了他的三年级。"

"我们要做对球队最有利的事情。"教练说，"还记得我们以前说过的话吗？"

"教练，芬利对我太好了。他是个好人。他喜欢这种比赛，比我喜欢百倍。他平时训练太刻苦了，比我刻苦得多。我不能简单地跳进来，夺走他的首发位置。那样的话，我成什么朋友了？"

我盯着 21 号男孩的脸，盯了好一会儿。

他脸上没有一丝笑意。

他甚至都不眨眼睛。

他是真心实意的。

他今年不打算打篮球，只是为了我能首发。在训练中他装着不能打，原因就在于此。他是为了我好。当我意识到 21 号男孩的想法时，我心中涌起一种感觉，就像我对我自己的家人、艾琳和教练产生的感觉。我不敢确定，过去是否曾有人为我做出过这样的牺牲。

"我也不能夺走他的号码。那不对。"21 号男孩说。

我低下头，看着我训练服上的 21 号。自打我还是个新生那年起，我一直背着这个号码。我知道这种情况就要出现，但我现在想的与过去想的有些不同了。他肯定想背那个号码。

"芬利，你从没对罗素说过不要打篮球吗？"教练问道。

"没有，先生。"我说。

"那么，我欠你个道歉。"

我真不想要道歉，但我觉得轻松了。我只是想打篮球，我只是想让教练喜欢我。

"对我们三个人来说，这都是一种陌生的情况。听着，我要出去几分钟，看看你们俩能否解决问题。"教练完，就出去了。

21号男孩和我默默地站着，似乎站了很久。

我能听到运动鞋踩在球场上发出的吱吱声，能听到女队教练发出的关于刻苦练习的叫喊声。办公室里弥漫着汗味儿和皮革味儿，就像一只旧棒球手套。办公室里还积满了灰尘。

被置于这样的境地，让我多少有点儿生气。确保每个人都观点一致，这难道不是教练该干的吗？他就这么离开了？

终于，21号男孩说："我不想毁了你的三年级，芬利。我甚至再也不关心篮球了。"

我不知道说什么，于是我什么也没说。

教练在练习中对我发出的喊叫让我晕头晕脑。虽然我意识到21号男孩差不多骗了教练，但我依然觉得不爽。不过，我一点儿都不生21号男孩的气。我还从来没有遇到一个人，他之所以不做他最擅长做的事情，就是为了让我能够去做。我觉得，我不会为了任何人而不打篮球。

"此外，除非我成为 21 号，否则我不会打篮球。我必须成为21 号，事情只能这样才行。"他说。

"为什么？"我问道。

"我父亲在高中是 21 号，他正在太空里监督我。我跟他承诺过，只要我打球，我就一直穿 21 号球衣。现在他在一艘宇宙飞船上，离得那么远，我感觉这一点似乎比以往更重要了。但是，如果我今年不打篮球，我就用不着担心号码了。这很好，因为你已经是21 号了，并且你是我在地球上最好的朋友。我只要能在看台上给你打气就行，那可能也很有趣。我可以和你爸爸、爷爷坐在一起，我们可以为你加油，直到我离开这个星球。再说了，我觉得爸爸和妈妈很快就会来把我接入太空，这样一来，我还有什么理由打篮球呢？"

我盯着罗素的眼睛，他正强忍着泪水。我想知道，他是否真的认为他父母在一艘宇宙飞船上，或者是否只是把太空用作某种保护。这就像一种话语保护层，让他几乎在伪装的情况下也能说出心里话。听起来够奇怪吧？

某种情况正在继续。21 号男孩好像在编造关于太空的故事，来给我暗示。

为什么？

这是自我们在我家屋顶上观看航天飞机发射庆祝他的生日以来，我第一次听到罗素说到太空。

如果他真的像教练说的那么好，那么我知道什么对球队最有利。我也总是为了球队利益，把自己放在第二位。这是一个优秀的篮球队员应该做的事情。

我觉得我知道怎样对罗素最有利。

我想着好朋友应该怎么做。

我脱下了我的21号训练服，把它扔给了21号男孩。

他接住了它，说："芬利，如果我拿了它，如果我开始使出浑身解数打篮球，尤其是如果我用上我的超地球能力，那你就根本不可能和我抢控球后卫的位置了。你将彻底失去上场的机会。"

"我们走着瞧吧！"我说。

"你必须答应我，无论如何，你都是我的朋友。我需要你当我的朋友。请你答应我。"

"无论发生什么，我都是你的朋友。"我心里也是这么想的。

"我会尽可能有所保留，但到最后，我无法控制我自己。"他说，"在我打篮球时，我体内的某种东西就会发生变化。我就是那样被编程的。"

"我不想让你有所保留。"

如果他要夺走我的位置，他至少不会把这归因于为我有所保留。无论输赢，我都想公平、公正。

21号男孩没有回答，默不作声。这时，我说："你真的认为，你父母正坐着宇宙飞船来接你走吗？"

"是的。很有可能是新一年的年初，但这很难说，因为爸爸妈妈再也不用地球上的历法了，他们再也不住在这个太阳系里了。你们的历法仅仅是以地球绕太阳旋转为基础的。一旦你们飞过了冥王星，你们的地球历法就毫无意义了。"

"不过，你仍然不会和我们的队友谈论太空，对吧？"

"等他们看到我打篮球时，他们就会知道，我不是人。"他说，"我将无法保守秘密，因为我的技术是……另一个世界的。"

我缓慢地点了点头，等着21号男孩开始发笑，因为教练和其他队员碰巧来了。教练指着我，对这个精心设计的恶作剧发出狂笑。但是，21号男孩没有笑。

如果这些话出自另外一个男孩之口，那么它们听起来就像夸大其词，或者显然是一些废话，但21号男孩严肃极了。他甚至不像是为他的技术而自豪，他想掩盖他的能力，就好像那令人感到羞耻。

"你相信我，是不是，芬利？你们相信我会和我的父母一起返回宇宙。你们所有人都要相信。"他说。

我点点头，说："你不介意我和教练单独说说话吧？"

他离开了。教练随手关上了门。

"我怀疑过你，我道歉，芬利。"教练说，"对我来说，情况曾经很困难。他父亲是我的一个好朋友，因此我感到某种使命感……"

教练没有把那句话说完。我吞了一下口水，等着。

教练说："你把你的号码给罗素了？"

我点了点头。

"你是个好孩子，芬利。真正的好孩子。我要让你和特雷尔当队长。我本来打算晚些时候再对你说，但考虑到情况，我……"

"教练，他真的相信他父母正坐着宇宙飞船来接他。"

"我不确定。"

"他需要帮助。"

"他正在得到帮助。罗素一周看两次心理医生。你想知道罗素两周前是怎么对他爷爷奶奶说的吗？"

我觉得教练不应该把 21 号男孩私下里对他爷爷奶奶说的话说给我听，但他继续说了下去。

"罗素说，他父母将在 10 月坐着宇宙飞船来接他，但他用他的意念或差不多那样的东西发了一个信息。他请求他父母让他在地球上再待几个星期，因为他交了一个叫芬利的朋友，而芬利有着一种'安静的存在感'。他说，他喜欢和你在一起。"

我又吞了一下口水。

"他处在边缘上，芬利。我想我用不着对你说那是什么意思，因为你是个聪明的孩子。等你看他打球，真的打球，你什么都会明白的。在这个问题上，请相信我。"

等我离开教练办公室，我们队其他人早就走了。二线女队正在完善区域防守，因此艾琳背靠着墙。她抱着腿，下巴抵着膝盖。她看着我，正是在那时，我才意识到我光着上身。我看到她面有忧色，但我现在不能想艾琳。于是，我就转过头，去更衣室换衣服了。

我在外面找到 21 号男孩，他跟着我去了镇图书馆。

青年—成人部有两本《哈利·波特与魔法石》，于是我两本都借了，递给 21 号男孩一本。

"威斯因为读这本书而遭到挖苦。他对特雷尔说，这是高级英语班的指定读物。"我解释说。

21 号男孩点了点头。

威斯是我们的队友，因此我们照着他的做法做了。

21 号男孩跟着我回了家。我在家里做了三明治，我们和爷爷一起吃。爷爷这次很清醒，并且注意起他的举止了。他还问了一些关于训练的问题，而我都是含含糊糊地回答的。然后，我和 21 号男孩待在我的卧室里读《哈利·波特》，一直读到该回体育馆的时候。

那本书写的是一个孩子，这个孩子过着一种糟糕的生活，但当他发现他死去的父母是巫师时，他获得了一个摆脱那种生活的机会。读这本书让我想知道，我是否能逃离贝尔蒙特。我还想知道，如果我逃离了贝尔蒙特，我会在别处过怎样一种生活。

我们去参加第二场训练去得早了。于是，在女队完成训练时，我们在看台上继续看书。

威斯挨着我们坐，注意到我们在读什么，就低声说："你们这俩家伙没必要看它。"

通过他看我的眼神，我能分辨出，他感动了。于是，我冲他微微一笑，攥起拳头，他猛击了我一下。

"这真是一本好书，"威斯说，然后也拿出了他的那本，"出奇地好。"

当特雷尔、哈基姆和瑟尔看到我们在读《哈利·波特》时，他们只是摇了摇头。

在第二场训练期间，21号男孩的表现有所好转，但好转得并不太多。我真的认为，他已经好到可以入队，但还没有好到能够挑战我的位置。

我心里暗想，他自己和教练说他多么多么好，是不是只是吹牛皮。但是，再深入想想，我就明白，21号男孩仍然有所保留。

他没有使出浑身解数，和任何人都没有身体接触。

他只是随大流，没有犯任何错误。

他参加了比赛，但他并没有真的打比赛。

在更衣室换好衣服后，艾琳独自在看台上坐了一会儿，观察着我们。但是，等训练进行到一半，我抬起头来看时，她已经走了。

我不喜欢她看我训练，因为那让我紧张。但是，我已经想她了。

22

　　我们一起练习，一起上学，一起做作业，一起读《哈利·波特》……我们真的一起做了所有的事情。

　　当他问我，我们为什么再也看不到艾琳了，我说："现在我的女朋友是篮球。"

　　他笑了。我猜，这听起来的确相当搞笑。

　　在威斯读完《哈利·波特》第一册的几天后，我们也读完了。

　　在周五下午练习之前，当我们在体育馆里投篮时，威斯说："你们觉得《魔法石》怎么样？"

　　"如果你的一个朋友有魔力，"21号男孩说，"你想知道吗？"

　　"就像哈利拥有的魔力？"威斯问，他的肩膀向后靠了6英寸，仰起脸，"真的魔力？"

　　"别的任何人都不拥有的力量。"21号男孩说。

　　"那太好了，我想知道。"威斯说。

　　"如果我说的意思是，你从来没目睹过那些魔力，会怎样呢？并非所有人都会去霍格沃茨魔法学校，对吧？"21号男孩开始在身体两侧搓他的手。

"你干吗问我这个，罗素？"

21 号男孩转过身来。

威斯把他的头扭向一边，朝着我，而我只是耸了耸肩。

"你们两个家伙想不想今晚到我家来，看看这本书改编的电影？"威斯问，"我妈妈从 NetFlix 网上给我下载下来了。"

于是，那天晚上，我们三个看了那本书改编的电影。电影相当棒，有很多魔法，城堡样的建筑，还有友谊。

看过电影后，威斯把我们领进了他的房间，放了他最喜欢的说唱乐队 N.E.R.D. 的音乐。那种音乐里面的咒骂虽然也不少，但非常新潮，不像在附近我经常听到的那种真正的黑帮说唱音乐。

我其实并没有听过多少音乐，这可能是因为我没有 iPod。音乐是不错，但我对任何一种音乐类型都不痴狂。

"你们两个家伙知道 N.E.R.D. 代表什么吗？"威斯问道。

"代表什么？"我说。

21 号男孩说："没有人；永远；真的；死去。"[1]

"你是个粉丝？"威斯说。

21 号男孩点点头，笑了。

"你在他们的网站上看到'看见声音游戏'了吗？"威斯说，"重新流行了，《未来新潮的大坏蛋》。"

威斯在他的电脑上打出了 N.E.R.D. 网址，点开了正确的链接。"看见声音游戏"原来是一种太空主题。

---

1 没有人 –No one；永远 –Ever；真的 –Really；死去 –Dies。

怪不得 21 号男孩喜欢那个团体呢。

一只巨大的大猩猩穿过一片好似月亮的陆地，追逐着那个团体的成员。

"这是一种老的视频游戏。你需要扮成一个团体成员来玩。"威斯说。然后，他和罗素就轮流玩起来。

等他们在 N.E.R.D. 网站上胡闹完了，威斯建议我们组成一个《哈利·波特》读书俱乐部。他想读每本书，读完一本就看一部改编的电影。我一向觉得读书俱乐部是让富婆们参加的，但把篮球之外的某种东西也包括在内，感觉挺好的。

我们都同意加入俱乐部，开始看《哈利·波特与密室》。

我喜欢威斯，我们一向交情不错。但是，我开始觉得，他有可能成为我和 21 号男孩的一个真正的朋友，成为一个可以经常和我们混在一起的人。这也许是因为他和组建了《哈利·波特》读书俱乐部的那个孩子是一种类型，都挺奇怪的。威斯就是那么奇怪，就像我们那样奇怪。

等我们走回艾伦家时，我问了 21 号男孩一些关于 N.E.R.D. 和他们网站上的太空主题的问题。他说："那只是假装的太空，不是真的太空。但是，没有人永远真的死去，这可是真的。"

他瞥了我一眼，我抬起了眉毛。

"物质既不会被毁灭，也不会被创造。"他说，"这是宇宙的一个基本原理，是所有原理中排在第一位的原理。不过，还有你的生命力。你的生命力被你的身体控制，困在了地球这儿。你的身体，或者说，你的肉体，就像一座监狱。等你们地球人死了，你们的生命力就被释放了，你就又可以自由地穿越星系旅行了。那不是死亡，那是解放。"

"嗯……你说什么？"我说。

"我只对你说，芬利，因为你好像是开化的。其他人把握不了这样的观念。"

获知21号男孩认为我特殊，我有点儿自豪。但是，我也有点儿悲伤，因为21号男孩正在生病。他的脑海深处正在发生一场战争，他正在被打败。

我能为他做的又很少。

23

我在我们学校的大厅和体育馆里见到过艾琳。我们相遇时，她总是想与我四目相望，或者碰一下胳膊肘，假装那是偶然。但是，我走路一直目不斜视，就好像我没有注意到她。

在一次队会上，教练任命特雷尔和我为本年度的队长。为了庆祝，球队吃了十几张比萨饼。

我们第一场比赛的前一天，教练宣布了首发阵容，我得到了控球后卫的位置。

一切都是按计划进行的。在一定程度上，我忘了 21 号男孩夺走了我首发位置的能力。

我又要打篮球赛了。

到了球场上，就全都是兴奋、汗水、运动、球、欢呼、吱吱响的球鞋、击掌庆祝，还有那种我能且正在完成某种东西的感觉。

下了球场，就全都是期盼、渴望，细数时间到下一场训练或比赛，在我的笔记本中画战术图。我还想象自己在球场上的样子：看到自己冲过去抢丢的球，感到膝盖上的伤疤火烧火燎的；盯防得那么近，以至于盯防的膝盖和肘部在我腿上、胳膊上、胸上留下了伤痕；富有创造性地传球；找到队友张开的手；甚至还做了几个上篮；教练夸我干得漂亮；爸爸和爷爷自豪地笑了。

在我突然为我们队打第一场真正比赛之前，我一直在汗流浃背地练习，做白日梦。我们第一场对阵的是罗克波特，那是一支弱队。我真的做了我想象的一切。我感觉太奇妙了，都有点儿怀疑那是不是真的，仿佛我只是坐在科学课堂里做白日梦。

但是，我不是在科学课上做白日梦，我在打篮球。

我拿下了 15 次助攻，特雷尔贡献了 32 分。

到了第三节结束时，我们领先了 40 分。于是，教练派上了二队。

我坐在长凳上，感觉我的心跳慢了下来，肌肉凉了下来。我开始有了一种完成任务的奇妙感觉。

我观察着 21 号男孩打球，再次看出他并不是真的在打球。他没有犯任何错误，但看上去只是想把球传给其他替补，好让他们能够投篮得分。他以很平匀的速度在奔跑，甚至在无人盯防的情况下也没有投篮。比赛没有强度。

他的球打得很无私，非常好看。但是，这也让我觉得，他好像在光天化日之下藏了起来，好像他害怕向世界展示他的真功夫。

我们以 101:69 赢了比赛。

爸爸很自豪。

爷爷也是。

24

那一年的第二场比赛是和彭斯维尔进行的年度男女双重赛。彭斯维尔是我们在篮球上的劲敌，是迄今为止我们争夺联赛冠军的最大拦路虎。比赛前一天，在练习期间，教练让我们排成一排，靠墙坐下。他说："根据我们的球探报告，彭斯维尔将对特雷尔采取我们所说的三区域二盯人防守。就是说，只要特雷尔拿球，他们就会对他采取包夹防守。"

"该死，"特雷尔说，"我厌恶被包夹防守。"

教练没有理睬特雷尔，继续说："威斯、哈基姆、瑟尔将会面对区域联防，这将给芬利留下大漏洞。"

教练的意思是，彭斯维尔认为我不会跳投，觉得我不是得分威胁。我没有感觉不爽，因为在队里，我是最弱的得分威胁，这是事实。我是个控球后卫，不是个投手。那是我的角色。其他队以前也对彭斯维尔采取过包夹防守，但出于某种原因，我今年跳投的准头比以往差了点儿。在第一场比赛中，我两投零中。

"在三区域二盯人的情况下，芬利将不得不投篮。"教练说，"我们知道他能投篮，也会那么做。他只要在刚开始投中几个，让他们改打一对一防守就行。接下来，我们就能打常规的一对一防守的进攻了。"

教练给二队教了彭斯维尔的三区域二盯人防守的打法，然后我们就与二队打了练习赛。差不多我每次投篮，球都从篮筐弹了回来，仿佛我好多年没听到过球穿过球网发出的声音了。

"接着投，"教练说，"今天把你所有的投篮不中都用完，把你的投篮得分都留给明天。"

我接着投，但每次投不中，都让我愈发焦急。当我瞟队友时，我看到了他们脸上流露出怀疑的神情。或许，我只是多心了么？

在一个时间点上，教练用 21 号男孩替换了我。罗素也是每投必不中，但这并没让我感觉好一点儿。我真的开始觉得，他是故意投不中的。这让我沮丧、内疚，虽然我告诉他不要有所保留。

练习结束后，在更衣室里，威斯、瑟尔、哈基姆全都敲敲我的胳膊、拍拍我的背，要么说"你今天把你所有的投篮不中都用完了"，要么说"明天的投篮才计分，今天的不计"，要么说"比赛日才是真的要给力的日子"。

但是，特雷尔说："你最好早点儿给我破掉包夹防守，白兔。你听到了吗？在本赛季结束前，我想得到 1000 分呢。"

教练总是说，我们不要追逐个人纪录，但我们都知道，等特雷尔拿下了 1000 分，将会举行盛大的庆祝。但如果他想在今年拿到 1000 分，需要我优秀的配合。

明天已经让我够担心了，因此，当教练把我叫进他的办公室时，我的腹部抽搐起来。他关上门说："我只希望你明天在无人盯防时投篮。你是个不错的投手，芬利。哈基姆和威斯也会恢复状态。相信我。"

"好的，先生。"

"也可以跟罗素说说，让他在练习中多投投篮。"教练说。

"那么，你也觉得他是故意投不中的？"

"我们还没有看到真正的罗素打球，"教练说，"你不知道你正在错过一场多么精彩的表演。"

他盯着我的眼睛，盯了好大一会儿，好像在试图控制我的大脑。最后，我低下了头，看着我的球鞋。

"明天见，芬利。"

"好的，先生。"我说。然后，我就去更衣室换衣服了。

我觉得所有人都走了，因此，当听到有人喊"芬利"时，吓了一跳。

21号男孩裹着一条毛巾，站在我旁边。他是唯一一个使用那些肮脏的淋浴的球员，那些淋浴好几十年没清理过了。他穿了一双平底人字拖鞋，来保护他的脚。

"怎么了？"

"我让我爷爷今夜晚点儿到你家接我。"

"为什么？"

"我希望我们能在你家屋顶上坐坐。"

我叹了口气，我累了。想到要和21号男孩用密码聊天，并且全是宇宙和太空之类的喧闹，就让我感到精疲力竭。"我得做作业。"

"我们也许可以一起做。"

罗素一再地搓他的下巴，用急切的眼神看着我。我再次怀疑他是不是真的有意投篮不中。出于某种原因，我断定，他也许真的是有意的。那是与他站立的姿势有关的某种东西——他的站姿几乎是顺从的，就像一条夹着尾巴的狗。为什么有人要屈服于我呢？

25

爸爸给我们热了冷冻比萨饼。爷爷一股脑儿地问了很多问题，都是关于和彭斯维尔的比赛计划。

"他们打算对特雷尔进行包夹防守，对吧？"爸爸说。

"是啊。"我说。

"芬利应该会得到很多投篮的机会。"21号男孩说。

"为爱尔兰人得一些分吧！"爷爷说。

"为贝尔蒙特得分。"爸爸说，"你觉得你会上场比赛吗，罗素？"

"不知道。"

"你怎么了，芬利？"爷爷说，"还没动你那块饼呢？"

爸爸看了我一眼。

我只是耸了耸肩。

在我的卧室里，21号男孩和我做了全部的作业。但是，我们真的是各做各的。他在我的桌上做，我在我的床上做。我们做了差不多一个小时，然后穿上我们的夹克，到屋顶上去了。

虽然是冬天了，但真的不太冷。远处有一支警笛在呜呜地响，但这是一个相当安宁的夜晚。我一直喜欢待在屋顶上，喜欢拥有一种不同的视野。我开始有点儿走神了，不过挺好的。

在沉默了大约 10 分钟后，罗素说："如果我明天打上了比赛，你介不介意我使用我的超地球能力？"

我真的没心情聊太空。我说："除非我一个球都投不中，你才有机会上场。"

"你会投中的。"

"好。那么，那就是废话，对吧？"

"应该是吧。"

我抬头仰望，看到月亮从一片云后探出头来。

"我只是想让你知道，如果我上了场，我应该做什么。"罗素说，"教练说，无论我想不想上场，他都会给我一些上场时间。你们想赢得冠军，因此我觉得，如果我有机会上场，我最好利用我的超地球能力，来帮你们击败彭斯维尔。我用心灵感应术和我在太空的爸爸交流了，他说我暴露一点儿也行，因为他很快就会来接我了。"

我厌倦了 21 号男孩的太空幻想，厌倦了教练给我施加的压力。我担心我不能跳投得分。于是，我没有回答。沉默曾一直是我的默认模式，是我对世界上其他人的最好防御。

当 21 号男孩的爷爷停下车时，我充满了感激。

"明天见。"当爬回我的卧室时，罗素说。

我点点头，不过我没有离开屋顶。

我听到 21 号男孩和爷爷、爸爸道别。接着，我看着他上了艾伦先生停在下面的凯迪拉克汽车。

当汽车尾灯变得越来越小，我开始试着想象自己投了一次又一次篮。但是，即使在我的想象中，我也总是错失无人盯防的跳投。

26

女队的比赛在我们队前面举行，看台上挤满了人。当我们打主场时，女队通常打客场，反之亦然。我今年能看到艾琳比赛的次数不多，这是其中之一。

我和队友坐在看台的指定区域。当艾琳出来的时候，我看到她的球衣换成了18号，和我的新号一样。

当女队热身时，我有点儿动感情了。我开始感觉到一股我一直试图在篮球赛季里避免的情感——也就是恋爱。这让我既快乐，又生气。

威斯和21号男孩在读下一本《哈利·波特》。威斯摆弄着他的连帽上衣的拉链。21号男孩不断地皱眉、点头，仿佛赞同他正在读的东西。其他队友在听iPod，或者开玩笑。助理教练瓦特兹陪着我们。

有一小群爱尔兰人来给艾琳助威。他们和我爷爷、爸爸坐在一起，他们全都穿着绿衣服。一个男人把他的脸涂成了绿色、白色和橘色，就像爱尔兰国旗。

但是，今夜，体育馆里绝大多数是黑人，因为彭斯维尔是一所几乎全是黑人的高中。

艾琳一开赛就来了个三分远投，让人群激动起来。她在球场上看起来光彩夺目。每当她有了出色的发挥，我的队友就敲我的胳膊，或者摸我的头。

艾琳投了一个又一个，还摘篮板球、抢断，率领全队在上半场取得了20分的领先优势。就在她走进更衣室之前，抬头望向看台。她看到了我，笑了笑。

走上球场，做她擅长的事情，这让她很开心。我开始嫉妒她，因为我感觉好想呕吐。

我一直在想三区域二盯人防守。

在下半场，艾琳封了三次投篮，拦截了两次传球，几次切到内线上篮，成功地打了不计其数的掩护，一次又一次投篮命中，轻易地确保了胜利。我为她感到高兴。比赛结束时，她抬起头看我时，我甚至报以微笑。但是，我仍然觉得我可能会呕吐。大赛前神经紧张所致？这次有可能是因那次协商而起。

当我们在更衣室里伸展肢体时，21号男孩看上去很平静。我在想，他今晚会以什么方式成为一件完美的秘密武器。我还想告诉他，如果他上场，不妨发挥出他全部的能力，不要为我担心。但是，出于某种原因，我没告诉他。也许是我觉得他还没准备好；也许是我虽然觉得他准备好了，可我就是不想失去我的首发位置。

"早点儿投篮，打破三区域二盯人防守。"特雷尔对我说，"我们都知道，如果我在进攻上是头号选择，我们队就更好。对吧，白兔？"

"对。"

我完全同意。

当他们宣布我们队的上场名单时，虽然我得到了看台上爱尔兰人的真诚欢呼，但特雷尔得到了迄今为止最大的欢呼。我看到爷爷停在残疾人区域，他围着一条绿、白、橘三色围巾。爸爸挨着他坐着。艾琳虽然可以和队友坐在一起，但她仍然挨着爸爸坐着，就像当年我不让她做我女朋友时，她就是用这种方式成了我的女朋友。这让我感觉不错，但我告诫自己，今晚不要去想艾琳。

在篮球季里我们不要约会，记得吗？

现在篮球是你的女朋友。

体育馆在摇动。

在赛前战术布置会上，教练说："我觉得我不用再提醒你们，这是一场决赛。我们只和这个队打两次，如果我们想拿下这一赛区，成功地打入季后赛，就需要两次都赢。要做好盯人防守。大声招呼换防。过渡要快，还要投篮。芬利，我们需要你投篮，打破三区域二盯人防守。"

我使劲吞了一下口水。

"现在数三个数，喊加油。一、二、三……"

"加油！"

然后，我就上场了。

威斯轻易地赢了跳起来争球。此外，就像教练预测的那样，彭斯维尔没有防我，对特雷尔实行了包夹防守，并且建立了一个三角区。

我知道我应该投那个球，但我试图把它强传给威斯，这导致了失球。

"投球，芬利！"教练喊道。

当第二次发动进攻时，他们给我留下了一个大空当。教练喊道："投啊！"

我投了一个三分球，球击中了篮筐的前部。彭斯维尔抢到了篮板球。

接下来的三投，我都没投中。

我们 0:8 落后。

这不起作用。

我无法投中一个，来救我的命。

"接着投，"教练说，"接着投，芬利！"

接下来我试着把球传给哈基姆，但我又一次做了个糟糕的传球。突然之间，我已经一连失了两个球，四投不中。

我瞟了一眼爷爷和爸爸。他们的眼睛看上去很小，表情有点儿不安，仿佛为我感到难堪。

"接着投！"艾琳喊道，"接着投！"

等下一次彭斯维尔给我留下大空当时，我叫了个暂停。

当我慢跑下球场时，教练说："谁让你叫暂停的，芬利？谁？"

我吞了吞口水。

教练直视着我的眼睛。

他看出我慌了神。

他看出我害怕了。

他说："罗素，你换芬利。"

罗素一动不动。助理教练瓦特兹抓住了他的肘部，稍微朝着正确的方向推了他一下。21号男孩看了看我，但我把视线移开了。

当罗素在记分员的桌子旁报告时，我成了看不见的人。所有人都避免眼神交流，因为他们为我感到难堪。

21号男孩取代了我的位置，我坐在了长凳上。

"比赛计划还一样，"教练说，"罗素，你现在是投手。"

"教练，"特雷尔说，"他不会投。我们已经落后8分了。"

"接下来你可能会吃惊的。"教练说，"现在执行比赛计划。"

"芬利，"21号男孩说，每个人都看着我，每个人，"你想不想让我用我的超地球能力赢下这场比赛？"

"他刚才说的是什么啊？"特雷尔问。

"超什么？"瑟尔说。

"哈？"哈基姆说。

"罗素，"教练说，"现在不要说！"

"芬利，"21号男孩的语速又慢了一点儿，"你想不想让我用我的超地球能力赢下这场比赛？你说。"

"你说的是什么鬼东西啊？"特雷尔说，"我们这是打比赛！"

21号男孩盯着我，用眼神和我交流。我看得出，他真的不想做他将要做的事情。

一方面，我想看看他是否真的厉害。

一方面，我就想击败彭斯维尔。

同时，我也知道，我应该自始至终地鼓励我的朋友利用他的天赋，我曾经是自私的。

笛声响了。

暂停结束了。

"芬利，" 21 号男孩说，"我需要你说'行'。"

我终于说了声："行。"

不知怎的，我知道，这意味着我今夜不会再上场了。

"好，还是老计划。"当我坐在长凳的另一头，其他队员上场时，教练又说了一次。

坐冷板凳让我感到耻辱，就好像被扒光了一样。

我知道体育馆里的每个人都在看比赛，但我感觉就像所有眼睛都盯着我。我开始感到燥热。我从没想过会坐冷板凳，情况不应该是这个样子。

瑟尔在中圈把球传给了 21 号男孩。

"教练！" 21 号男孩一边在远离 NBA 三分圈外的地方独自带球，一边喊，"如果我用上了我的超地球能力，你不会生我的气吧？"

我坐在长凳上的队友全都在低语。

看台上的人们在彼此复述 21 号男孩说的话。

出于某种原因，我知道，一切都将改变。

教练喊道："罗素，只要照你会的那样打球就行！听明白了吗？"

彭斯维尔的教练向我们的长凳上投过来一副奇怪的表情。

接下来，情况发生了。

在无人盯防的情况下，21号男孩跳起来，来了一个接近于半场的跳投。

随着球在空中划出一道弧线，时间的流逝在我脑里变慢了，就像在一部电影里那样。我能同时看到一切，其中有我队友的集体震惊、粉丝脸上的表情、对手嘲讽的微笑。

在无人盯防的情况下，罗素跳起来，投了一个半场球！

人们震惊了。

一个替补上场的无名孩子，怎么能投一个半场跳投呢？

太鲁莽了！

他以为他是谁啊？

但是，当球嗖的一声进去了，人群沸腾起来。

21号男孩的脸发生了变化。

他的眼睛眯了起来。

他的嘴唇绷紧了。

他的身体松弛了。

他用手掌拍着地板，摆出了一个低防守姿势，等着他的对手靠近他。等彭斯维尔的控球后卫跨过了半场，21号男孩紧紧地防着他，然后轻而易举地把球抢走了。

他运了四次球，然后在边线跃起，腿一伸，飞了起来。

他悬在空中，看上去就像大名鼎鼎的迈克尔·乔丹的剪影。

整个体育馆里的人都充满期待地站了起来，21号男孩以不容置疑的权威来了个扣篮。

如果我们没有可以弯曲的篮圈，篮板就会裂成无数碎片。

我的队友全都从长凳上跳起来，大声喊叫，挥舞着拳头，彼此拥抱，欣喜若狂。

为了不吃技术犯规，二队教练瓦特兹不得不把一些队员从球场上拽了下来。教练瞟了我一眼，好像在说，你现在明白我说的话了吧？

彭斯维尔叫了暂停。他们的教练喊道："这究竟是怎么回事，提姆？别以为我不会去查他的记录。这很可疑。可疑！"

"好牛啊，罗素！"哈基姆说。

"你的确拥有魔力，"威斯说，"我觉得像在霍格沃茨。"

"我们将赢得这场球赛。"瑟尔说。

特雷尔看了我一眼，好像在说，你知道内情，对吧？

"好了，"教练说，"让我们把注意力集中在比赛计划上吧。"

在商讨战术时，没人理我。我好像消失在暗处了。

等比赛重新开始后，21号男孩主宰了比赛。

他投三分球。

他抢篮板球。

他为打快攻飞奔。

他扣篮。

他盖帽。

他断球。

21号男孩的表现太好了，就像一个NBA球员决定露脸并给我们高中队打球那样。他像是安德烈·伊戈达拉在和儿童打比赛。等对方球员试图防住罗素时，他们会倒下，好似脚踝断了，因为他太快了。在跑动、投篮、跳跃、带球方面，场上的人谁都比不上21号男孩。

我们很快就领先了。但是，到了第二节结束，我依旧坐在长凳上。

教练、瓦特兹先生和彭斯维尔的教练争执起来。彭斯维尔的教练要求裁判检查21号男孩的资格，就好像教练预计的，他拽出一个文件夹，里面放着21号男孩的出生证以及记录他整个一生的文件。与此同时，我们队进了更衣室。队友们劈头盖脸地问了21号男孩很多问题。

你干吗装你不会打球？

你打得这么好，怎么学的？

你以前说你拥有超地球能力，是什么意思？

你哪儿来的？

到底发生了什么？

21号男孩坐在更衣室的长凳上，听着所有的问题，表情非常平静。

要不是我了解情况，我可能会说他扬扬得意。

但是，我了解情况。

他有两个选择：要么告诉所有人，他父母被谋杀了，他在一个创伤后应激症儿童之家里待了很久；要么跟他们谈谈太空。

他还没张嘴，我就知道他会怎么说。

"我叫 21 号男孩，"罗素终于对队友们说，"我是个原型机，被派到你们的星球上，来收集你们地球人所谓的情感数据。我不是人类，我尽我最大能力打篮球时，你们能清楚地看出这一点。"

所有人的下巴都掉下来了。

鸦雀无声。

威斯向我挤了挤眼，好像盼着我把 21 号男孩的来龙去脉讲出来。但是，即使我健谈，我又能说什么呢？

"你究竟在说什么，罗素？别胡扯了，嘘！"哈基姆说。接下来，所有人都大笑起来。

"你不是当真的吧？"瑟尔微笑着说，好像 21 号男孩说的就是个玩笑，"你就是逗我们玩儿呢，对吧，罗素？"

21 号男孩摇摇头，就像一位父亲对一个小男孩摇头那样。那个小男孩连基本的东西都不懂，连简单到所有大人都懂的东西都不懂，像湖泊为什么冬天会结冰，或者婴儿是从哪儿来的。

"他不是开玩笑，"特雷尔表情严肃地说，"他当真的。你看看他的眼睛就知道了。这个傻瓜疯了。"

21 号男孩继续微笑着，看上去有些悲伤。

还没等人再说话，教练就大步走了进来。他开始讲解他在下半场采取的比赛计划。彭斯维尔不再打三区域二盯人防守了，他们将会更多地"关照"罗素。

对我来说，听教练说篮球有点儿吃力了。

我在想那些报纸记者和摄影师，他们就在球场的尽头站着。我还想了很多同学和这地方的人们，他们现在正关注着镇上的新篮球上帝。要不了多久，消息就会传播开来，大学的球探就会来，说不定 NBA 的球探也会来。

对我来说，这一切听上去太具有戏剧性了。但是，看到 21 号男孩的表现后，房间里所有人都在一定程度上抱有相同的想法。

我们将赢得州冠军，这是最重要的，21 号男孩说自己来自太空倒在其次。

当教练说话时，21 号男孩脸上的笑容变得越来越怪异了。但是，他似乎真的没有在意教练说的话，也没在意我们所有人说的话。他沉浸在他自己的小世界里了。

当我们涌出更衣室，开始为下半场热身时，我看到艾琳盯着我，脸上挂满忧虑。我没有抬头看爷爷和爸爸。我觉得，到了一定时候，教练会让我重新上场。但是，坐在长凳上，我开始感到非常丢脸、可怜，尤其是在过去这个季节我付出那么多的努力之后，尤其是在教练要求下我帮助了 21 号男孩之后。

但是，教练没让我重新上场。

彭斯维尔在下半场重点盯防 21 号男孩，这让瑟尔、哈基姆、威斯和特雷尔得了不少分。

我们始终保持着 10 分的领先优势，但教练没有冒险把替补队员换上场。在比赛结束前一分钟，彭斯维尔叫了暂停，但教练还是没有那么做。

到了比赛结束时，我的最终命运刺痛了我，我的眼睛开始发烫。我觉得我可能会哭出来，真的会哭出来。

我被降级了，这伤害了我。

我爱篮球胜过一切。

我比队里的任何人都更勤奋。

我一直和21号男孩在一起，就像教练要求我做的那样。

可是，在一年里最重要的一场比赛中，我还是坐了冷板凳。

等我们赢了，到了握手的时候，体育馆里的几个记者簇拥着21号男孩，问他是谁，来自哪里。

"叫我21号男孩吧。"他对他们说，然后，他指着天花板，"我来自太空。"

教练正在和彭斯维尔的教练争执。彭斯维尔的教练嚷道："这个孩子不可能是从天上掉下来的！如果这个华盛顿是你队里的合法队员，为什么没人知道他？你不得不隐藏的东西是什么？我抗议这场比赛！这是胡扯！"

学生们和家长们冲到了地板上，我的队友在庆祝，就好像我们已经获得了州冠军。

21号男孩正在跟几个记者聊宇宙，把他们搞得晕头转向。

我的队友在和每个人击掌，喊着嘲讽之语，敲击着，甚至还跳起了舞。家长们和学生们挤在球场上。他们好似一群极度高兴的人，那场景几乎就像新年。我本来也应该庆祝，但我做不到。

我感觉我可能会情绪失控。

我本不应该离开，但我却溜出了后门，开始在糟糕的跑道上跑圈儿。

天气很冷，尤其是因为我只穿着篮球服。突然，我停止了疯跑。不过，我不知道这是为什么。

在控球后卫这个位置上，我再也不会在重要时刻上场了。21号男孩已经作为全宇宙最好的球员出现。可是，我以前练得是多么勤奋啊！我无法想象一会儿该如何面对爷爷和爸爸，不得不对他们说我尽力了，但再也不能首发了。我还知道，21号男孩和我的情况也将发生变化。我再也不要被孤零零地留下了，可当我全部想做的事情就是把他从控球后卫的位置上赶下来时，我又怎么做他的朋友呢？

于是，我跑得更欢了，想停止思考，关掉我的思绪，让内啡肽[1]流动起来，让心脏怦怦跳，排解掉我坐在长凳上排解不掉的东西。

"芬利，等等！"艾琳飞奔着，要赶上我，"你应该回到里面，否则教练就会因为你在队会之前离开而开除你。"

"我不能和你说话，"我说，"这是篮球季。我们掰了。"

"在教练发现你离开之前，回到里面吧。"

"你没看出他有多优秀吗？"

"我看出来了。"

"那我干吗还要进去？"

1　内啡肽是一种内成性（脑下垂体分泌）的类吗啡生物化学合成物激素，等同于天然的镇痛剂。

"因为你练得很刻苦。我们练得很刻苦。你欠我的。教练让你坐冷板凳是因为你停止了投篮，不是因为21号男孩比你好。如果在第一节，他让你投篮，你就投篮，他会让你重新上场的。可你没有执行比赛计划，芬利。他在惩罚你。现在你的行为就像无知幼童，在这黑乎乎、冰冷的夜晚，一个人跑出来，跑到这儿。"

艾琳一边说，一边奋力跑到我旁边。出于某种原因，她的话让我加快了速度，一直到她停下来。

在她不跑的情况下，我又跑了一圈儿。

她是对的。

我是在受罚，我活该。

我的行为就像个无知幼童。

奋力奔跑让我释然。

我想对艾琳说，她今晚在球场上的表现出奇地好。但是，我仍有点儿忐忑不安。于是，当我靠近她时，只是点了点头，向寒冷的夜晚呼出了几团银色的暖云。

艾琳在颤抖，我强忍着想抱住她的冲动。

"让你的屁股进去！"艾琳有点儿滑稽地冲我笑笑，"快点儿！"

我想碰她。和艾琳在屋顶上待一晚现在感觉像是白日做梦。我的脚趾和手指开始抖动。她举起了手，让我摆脱了困境，这让我感到高兴。我和她击了掌，然后跑回里面。在那里，球队最后进了更衣室。

21 号男孩坐着，脸上再次现出会被误认为得意扬扬的表情，但这一次，再也没有人问他问题了。

等教练来了，他就开始谈这次比赛中什么起了作用，我们还有哪些需要提高，就像他一贯做的那样。他一句没提 21 号男孩。

教练又谈了一些我们明天在训练中应该注意的问题。然后，他对我们说，他为我们今晚作为一个团队打球的方式感到自豪。这多少有点儿嘲讽的意味，因为我只打了一分钟左右。至于房间内的另外 12 个替补，他们不认为他们来自太空，压根儿就没打上比赛。

等谈话结束，我们把手放在中间，喊了一声"加油！"

当我们解散时，助理教练瓦特兹站在 21 号男孩和其他队员之间，就好像他不想让任何人和罗素说话。

威尔金斯教练让我到他办公室见他。当他顺手关上门时，他说："罗素是新控球后卫，如果你想上场，那么当你无人盯防时，你最好投篮。明白吗？"

"明白，先生。"

"你没有执行比赛计划，芬利。我不得不让你坐板凳。对别的任何一位球员，我也会这样。"

我相信这一点。

"你还有要说的吗？"教练问道。

我想了一会儿，然后说："我觉得他是装的。"

"再说一遍。"

"罗素。他说太空，只是想拒人于千里之外。"

"我知道。"

"他不想打篮球。"

"如果他不想打，我觉得他今晚就不会来这样一场表演秀。"教练说。

"这让我感觉不妙，教练。"

"我们尽最大努力吧，芬利。我们无法改变那个男孩父母的遭遇，但我们可以给他一个机会，让他做他最拿手的事情。他需要打篮球，就像你那样。相信我。"

教练不得不相信他在做正确的事情，因为他不知道还能做些什么。我曾听人说，手里拿锤子的人看什么都像钉子。当我第一次听到这话时，感觉那只不过是一句粗俗的陈词滥调，但它现在恰恰适用于教练。这让我有点儿悲伤。

我想打篮球，赢得州冠军。

我想成为首发控球后卫。

我还觉得我好像应该帮助21号男孩。教练说，罗素需要打篮球。我不确定他这种说法对不对。

但是，我不是教练。于是，我说："从现在起，让我投球，我就投球。"

"好，"他说，"明天训练时见吧。"

27

比赛一结束，爸爸就离开了。他需要按时上班。

因为我想一个人待着，就对爷爷说，我想和队友出去吃香辣鸡翅。

艾琳的父母把爷爷送回了家，而我则走上了贝尔蒙特光线暗淡、肮脏、垃圾遍地的街道。

几乎所有的街灯都被人用石块砸碎了，因此街道黑暗。

天寒地冻，我依然穿着我的运动短衣，只是上身穿了一件冬大衣。在我走着的时候，我既没有想比赛，也没有想我失去了首发位置。这让我感到惊讶。

我在想21号男孩，想他受到的伤害有多大。

人们不会无缘无故地到处说，他们来自太空。

一种昂贵的车载音响系统发出的深沉男低音从后面传来。我扭过头，但我只能看到两个明亮的车前灯。不知怎么的，我知道那辆车要停。就在它接近我时，它真的停了下来。音乐被关掉了。我听到有人说："嗨，白兔，上来。"

那是特雷尔的声音。

我走到副驾窗旁，看到车里坐着特雷尔和他哥哥迈克。他们都佩戴着金链子和巨大的钻石耳饰。

"别光站在那里瞅我们啊，"坐在驾驶座上的迈克喊道，"趁你的百合花屁股还没在球裤里冻掉，快上车吧。你的膝盖看上去都像雪球了！"

我打开后门上了车，但迈克并没有开走。

"你从一开始就知道这种太空屁话，是吧？"特雷尔问。

我找不出撒谎的理由，于是点了点头。

特雷尔已经转过了身，脸对着我，戴着太阳镜的迈克则通过后视镜看着我。这都晚上10点了，他还戴着太阳镜。我嗅到空气中弥漫着某种甜烟的味道，然后看到迈克正叼着一根大麻叶烟喷云吐雾。我想下车，但我知道我不能下去。

"他有多疯？"特雷尔说。

"我不知道。"

"他是疯到了带着枪去学校，然后向人们开枪那种程度，还是疯到了只会说一些关于太空搞笑话的程度？"特雷尔问。

"后一种情况，我觉得。"我说。

"你说梯子[1]是什么意思？"迈克说，"你要爬上一棵该死的树，还是爬上别的什么？"

"那他只是说说？"特雷尔问。

"我真的不知道。"

---

1 后一种在英语中是"latter"，梯子是"ladder"，发音接近，迈克显然听错了。

"教练要你帮他，对吧？"迈克问。

"是啊。"

"于是你就去当了他的朋友，尽管他最终要夺走你的位置？"迈克说。

"是的。"

"那就是你叫白兔的原因啊。"特雷尔说。

"你是好人啊。"迈克说，接下来，他从他的大麻叶烟上撕下一块，"我喜欢你，白兔。你人品好啊，就像老人说的那样。"

"罗素疯得就像个浑蛋，不过有了他，我们队更好了。"特雷尔说。

"我开车送你回家，"迈克说，"你真是老实人啊。"

我不想让迈克送我回家，因为他正嗨呢。但是呢，我又没什么办法。于是，我就老老实实在后座上坐着。当附近最令人恐惧的一个毒贩想开车送你回家，你就让他开车送你回家好了。我知道他系着安全带。车里可能有几杆枪，谁又知道后备厢里会有什么呢。

我们在我家门前停了车，我正要下车，迈克说："你需要票子吗，白兔？"

"就是钱。"看到我没回答，特雷尔说。

我摇了摇头。

"只要你们家里需要票子，就跟我们说。"迈克说，"你可以一直给我们干。我们喜欢雇用人品好的人。"

虽然我从没想过要当毒贩，但我还是点了点头。然后，我就

147

尽可能快地下了车。

等迈克和特雷尔开车走了，我进了屋。爷爷正在喝啤酒。爸爸已经上班了，因此今晚就剩下爷爷和我了。

"你感觉像一坨屎，是吧？"爷爷说。

"是啊。"

"好了，你不该那样。你爸爸总对你说你能胜过天才，但我对你有了一些新想法，芬利。在你余下的人生里，你可以尽你所能的去刻苦努力，但你永远做不到我们今晚看到的那样好。"他就着瓶子喝了一大口，说，"我想洗澡。你推我去？"

我点点头，把爷爷推进了洗澡间。在那里，我给他脱了衣服，把他抱进了浴缸。

我给爷爷举着可拆卸淋浴喷头，他洗着头。我看到水珠流下了他的脖子，落到奶奶的绿色玫瑰经念珠上。就是洗澡，爷爷也不把玫瑰经念珠取下来。等他洗完了，他让我把水关掉。在我那么做时，他说："教练还会让你上场的，别担心。这会解决的。"

我想知道 21 号男孩现在正在想什么。他喜欢今晚的比赛吗？那让他感觉好点儿吗？篮球对他有益就像对我那样有益吗？再有，如果是这样，他是不是比我更需要首发位置呢？

"我喜欢看你打球，芬利。那是后来我人生中最快乐的时光，甚至让我觉得我还有腿。但是，生活不仅仅是比赛。这个罗素，他比较特别，是个人都能看出来。要想变得特别很难，芬利。你明白我说的话吗？"

我不明白爷爷在说什么，但我还是点了点头。

"你也特别，芬利。你不能总是得到你想在人生中扮演的角色，但能扮演你演得最好的角色还是不错的。"爷爷说，"我知道我今晚说的话让我像个该死的伪君子，但那不意味着我说的话是撒谎。截至目前，我们的日子过得都挺难的，我们谁都没得到过偏爱。"

我想不出要说什么，尤其是因为我根本就不特别。于是，我就把爷爷从浴缸里抱出来，抱到了床上。

我整夜无眠，想着已经发生的事情，以及它意味着什么。

28

第二天，21 号男孩的祖父刚开着车消失不见，他就把手伸进背包里，从里面拽出了一件棕色长袍。那件长袍是用浴巾仔细地缝制成的。他的头和胳膊从长袍的窟窿里穿了过去。

在长袍的前胸处，他用红布拼出了"SPACE"这个单词。这让长袍看起来就像它曾经是一件 T 恤。

然后，他给他脖子上系了一件闪闪发亮的金色披风。那件披风看上去是在商店买的，很贵，因为它有一枚银扣子，材料也比制作一件廉价的万圣节化装服所用的材料重得多。

当 21 号男孩戴上一个他喷涂成银色的摩托车头盔时，我只是盯着他。他在头盔的顶部粘了一只金色的鹰，就是那种你在教室里的旗杆顶端有可能看到的鹰。

我想知道，他爷爷肯定看到了头盔，他干吗还要藏袍子和披风呢。当然了，我没有问。

"再也没有罗素·华盛顿了，"他说，"现在我无论去哪儿，都是 21 号男孩。现在我没理由事事撒谎了。无论如何，他们都见识过我的超地球能力了。"

我看了他一眼，意思是说，你相信这一点？

21号男孩无视我的目光，接着说："等训练结束后，我想让你听一张特殊的 CD，那个 CD 会把什么都说明白。我将邀请威斯和我们一起听。你愿意和我一起听那张新添置的 CD 吗？"

我点了点头。

什么样的 CD 能说明白一切呢？

当我们抵达高中时，学生们围着我们。他们想知道21号男孩干吗穿成那个样子，想知道他究竟从太空的什么地方来，想知道他会在下一场比赛中得多少分。

靓女们抛了很多媚眼，说"嗨，21号男孩"，抛给他很多飞吻。她们甚至伸出手来，色眯眯地触摸他的银色头盔。

这几乎令人难以置信，尤其是在你不知道篮球在贝尔蒙特有多么流行的情况下。

围着我们的人越来越多，但21号男孩只是不停地向前走，脸上带着非常怪异的笑容。

谁能想到，举止像个十足的怪物，却会让你大受追捧？

或者，这仅仅是因为，他是个非凡的篮球队员？

人们继续围着我们，越挤越紧，并且喊着问了一些问题。这时候，我感觉我成了隐形人，没有人理我，即使他们知道我和21号男孩关系密切。虽然以前也没人和我说很多话，但现在21号男孩出现了。这让我觉得，他也许真的有我没有的东西。我并不是语带双关，他真的不仅有运动能力，还有明星魅力。

我们终于抵达了我们高中的台阶，这时，他停了下来。他说："下场比赛我会得很多很多分，肯定会超过 40 分，我保证。我来自一个你们甚至都不知道它存在的地方，我很快就会重返太空中的那个地方。如果你们还想了解其他情况，可以找我在贝尔蒙特的地球导游，也就是芬利，他还会担任我在地球上的记录员。"

　　大多数围着我们的学生都笑了，就好像 21 号男孩在开玩笑。但是，在多达 20 多个围着我们的人中，我看到了艾琳，她在咬嘴唇。

　　"芬利，" 21 号男孩说，"给大伙儿讲讲 21 号男孩的情况，把他们需要了解的东西都说说。"

　　每个人都转过脸来，看着我。但是，我没有说。没错，这是因为，我是个闷葫芦。但是，就算我是个大嘴巴，我又能说什么呢？

　　"不公平！"

　　"白兔一向什么都不说！"

　　"你是怎样把球运成那个样子的？"

　　"我们想知道你在假装什么！"

　　"那个外星人组织怎么了？你现在在黑眼豆豆乐队里吗？"

　　"你究竟是谁？"

　　"我是来自宇宙的 21 号男孩！" 21 号男孩说。

　　然后，他迅速转过身去。他转得太快了，闪闪发亮的金色披风飞到了空中。

　　我紧跟着他进了大楼。

　　整整一天，都有人问这样那样的问题。

21 号男孩只是一再微笑，重复着相同的标准台词，说他来自太空，是来研究情感的。

他跟我们同学说得越少，他似乎就变得越受欢迎。每个人都想知道他的秘密，而那就是他的魅力所在，有这一项就够了。

除了 21 号男孩在比赛中的得分、助攻和抢的篮板球，当地报纸没有刊登关于他的任何信息。罗素实际上对他们说的话可能让编辑吓坏了，他们不敢报道。但是，我想知道，还要多久，他真实的故事才会传出来，他才会不得不面对他过去的真相。

我们的老师没有问罗素关于他装束的问题。这让我觉得，他们可能接到了不要问的通知，因为他看上去实在可笑，就像个傻瓜打扮了一番，要过万圣节，或者参加化装游行，或者参加更疯狂的活动。

我担心午餐，因为到了那时候，我们会在没有老师盯着的情况下见到其他队友。但是，就在吃午饭前，我们被分别叫去接受训导了。

21 号男孩被叫到了乔伊斯夫人的办公室，我被叫到了戈尔先生的办公室。

戈尔先生的爆炸头今天显得特别亮。

"我让人送了一份午餐，"当我在他的书桌前坐下时，他说，"过来吃吧。"

我看着那份热火鸡三明治，白面包，黄褐色的肉汁。看上去挺好的。

我饿了，于是就吃了。

"你还没搞明白教练为什么选你帮罗素吗？"戈尔先生说。

我摇了摇头。

戈尔先生露骨地笑了。他笑得太露骨了，仿佛他的每颗牙齿都在说我是个撒谎者。

他把手指尖碰到一起，还不停地敲他的手背，看上去就像一只蜘蛛在镜面上做俯卧撑。

"跟我说点儿什么吧，芬利。"戈尔先生直勾勾地看着我的眼睛，一直看到我低下头看着我的食物，"你祖父是怎样失去他的腿的？"

我讨厌戈尔先生问我不相干的问题，尤其是这个问题。

我觉得我的脸在发烧。只要我在他的办公室，我就有这样的感觉。当我被迫听他问得不到要领、愚蠢的问题时，我都有这样的感觉。我厌恶这样的感觉。

"你不知道那个问题的答案，不觉得这有点儿奇怪吗？你从没想过问他，他是如何丢掉他的腿的？这么多年了，难道你从没想过要问吗？"

我的手紧紧地攥起来，攥成了拳头。他试图让我心神不宁，好让我开口，而我不喜欢这样。

"你母亲发生了什么事？"戈尔先生问道。

这样的提问方式让我开始真的有点儿恼火了，尤其是因为隔壁的指导老师有一个学生，那位学生说他来自太空。

问这些问题的目的是什么？

我现在在流汗。

别发火，我对自己说，做点儿有价值的事情，让你不去想正在发生的事情。

我继续吃着我的热火鸡三明治。我大口地吃着，享受着那种吞咽的感觉。我的肚子开始觉得饱了。我品尝着肉汁、软面包的味道。

"芬利，"戈尔先生说，"你在听我说话吗？"

我点了点头，没有看他。

"那么，你觉得，关于罗素，我们应该做些什么？"他问道。

"我不知道。"

我干吗要知道呢？

"你做得怎么样？"他问道。

"做得不错啊。"

"丢了首发位置，你不觉得不高兴吗？"

我耸了耸肩。

"也没什么不高兴啊。"

我迅速地吃了土豆泥，喝了牛奶。

我想离开这里。

"你想知道艾伦先生和艾伦夫人是如何被谋杀的吗？"戈尔先生问道。这让我吃了一惊。

"不想知道。"

我不想知道那一点。

我干吗要知道那一点啊？

"我可以走了吗？"我问道。

"不高兴很正常，芬利。你要应付的事情多着呢，大多数年轻人都应付不了。我只想让你知道，我在这里是为了听，只要你愿意聊聊罗素，或者聊聊你自己。我能帮你。我会保密的。"

"谢谢！"我说。但是，我已经向门口走了。

等我要出去时，戈尔先生几乎喊起来了："如果你和罗素说说你母亲的事情，也许会对他有帮助。"

我不愿意去想他在暗示什么，于是我就离开了戈尔先生的办公室，坐到了教导处办公室外面的走廊上。

我握紧拳头，然后尽可能地叉开手指。

我一再这样做，直到我稍微平静了一点儿。

几分钟后，21号男孩出来了。但是，他没理我。

他看上去若无其事。依旧穿着他的棕色袍子，披着金色披风，戴着银色头盔。

我跟着他走过走廊，走向我们的衣物柜。大厅监督员让我们厌烦，但21号男孩获得了一张通行证，于是我们安然通过了。

我们用上午用的书换了下午要用的书。然后，21号男孩说："他们不想让我穿我的太空服，他们说那干扰了教学。你觉得他们说得对吗？"

"不对。"我说。我的回答让我吃了一惊，却让21号男孩笑了。

我不喜欢我和戈尔先生的谈话，这让我倾向于和教练说的任何东西唱反调。

"也许我可以让我父母给你也发射一件太空披风，芬利。"21号男孩说，"你喜欢吗？"

"很喜欢。"我说，然后笑了笑。

我们完成了这一天的学习，然后参加了训练。

21 号男孩脱下了太空服，换上了训练服，为的是让他看起来更像地球人一些，而不是超地球人。

队里没有人提太空或罗素昨天说的东西。我感觉，教练肯定和其他队员都谈过话了，告诉他们要保持沉默。

21 号男孩邀请威斯训练后和我们一起听那张 CD，说它有点儿像 N.E.R.D.，因为它与太空有关。威斯同意了。不过，他很快就改变了话题，他说："我需要练练罚球。"

于是，我们练了一些罚球，直到教练出现，指挥我们进行常规练习。

我和二队训练。我努力应对和我们的最佳球员对抗这一挑战，我也能在汗水、疼痛的肌肉和反复练习中忘掉自我。尽管如此，被降级到二队还是让人有点儿痛苦。

"今天表现不错，芬利。"教练说。他说了不止一次，这让我感觉好了一点儿。

我们到更衣室取了我们的东西，然后 21 号男孩、威斯和我就跳上了艾伦先生的凯迪拉克车。

"你想让我把这俩男孩子送到他们家吗？"艾伦先生问。

"他们要过来听一张重要的 CD。"21 号男孩说。

"他们？"艾伦先生通过后视镜看着我们。他的眼睛是棕色的，眉毛是灰色的。他问，"什么 CD？"

"和学校有关，"21 号男孩撒了个谎，"主要是关于科学的。"

"那好吧。"艾伦先生说。

等我们到了艾伦家，艾伦夫人坚持让我们冲个淋浴，换上校服，坐下来吃晚餐。"我不知道你们要来，但我们可以凑合着吃些。"她说。这还不错，于是我们匆匆冲了淋浴，然后吃了一顿鸡肉沙拉晚餐。

威斯很懂礼貌，当艾伦夫妇询问篮球和学校的情况时，他耐心做了回答。

"我们在法语班上读《小王子》，"威斯说，"你可能喜欢这篇小说，罗素。不妨来想想它，因为它写了一个来自另外一个星球的男孩。"

罗素说："我不喜欢读那东西。"

艾伦夫人瞪了威斯一眼，我猜她不想让我们鼓励那种太空迷恋。艾伦先生说："篮球赛进行得还不错吧？"

"不错，"威斯说，"我们今年有个好球队。教练认为我们能打进季后赛。"

"真是这样？"艾伦先生说，"有新的防守方法，还是有新的进攻套路？"

威斯向艾伦先生和盘托出了我们战术手册上的内容，既有我们已经在比赛中使用过的战术，也有我们没使用过的。他们聊了好一阵子篮球，而我们剩下的人则听着。

有威斯在身边，我感觉我能保持自我、保持沉默。艾伦夫妇没有直接问过我问题。威斯天性健谈，因此这顿晚餐吃得很轻松。

我看到艾伦夫妇盯着罗素的太空袍和披风，看了好几次，眼里流露着悲伤。21 号男孩没有戴头盔吃晚餐。

"我们现在要去我的房间，"等我们吃完了，21 号男孩说，"为了学习，去听那张 CD。"

"好吧，"艾伦夫人说，"好好学习。"

"饭真好吃，夫人。"威斯说。

我点了点头，表示赞同。

然后，我们跟着 21 号男孩上楼，进了他的房间。他房间的墙上和天花板上现在布满了在黑暗中发光的星星，那些星星似乎用脉冲输送能量。这有点儿怪异，有点儿让人困惑，但也有一种古怪的美感。

"坐床上吧。"21 号男孩一边关上他卧室的门，一边说。

我们坐下来，而罗素开始踱步。

"好了，"威斯说，"让我们听那张 CD 吧。"

"你们两个家伙能保守秘密吗？"21 号男孩说。

"肯定能。"威斯说。

"你知道我能。"我说。

"我过去常常和我爸爸做这事儿，"21 号男孩一边踱步，一边说，"我以前跟谁都没说过。"

"什么事儿啊？"威斯说。然后，他紧张不安地瞟了我一眼。这让我怀疑，威斯是不是已经通过某种方式获悉罗素的父母被谋杀了。

"在加利福尼亚那里的家，他过去经常开车带我出去，去到没有房子、没有光的地方，这样我们就能看到很多星星。我们过去常常把车开到海岸上的某个地方。有一个小悬崖俯瞰着太平洋。我们停下车，沿着边缘走，直到再也看不到路。这样一来，车灯就无法破坏那种情绪了。"

21号男孩踱步的速度慢了一点儿。

"我们把一块毯子扔到地上，躺倒在上面，把CD播放机放在我们的头之间。当我们凝视星辰时，神就会演奏这段音乐。"

他拿起了那张CD。

CD封皮上印着一个黑人，他穿的那件太空服就像一个疯狂的法老穿的衣服，他披的披风很长。他后面有星星，还有一颗看上去有点儿像土星的星星。可能就是土星，反正是一颗行星，有一个环围着它。

"它叫《那地方就是太空》，是一部电影的声带音乐。我父亲说那部电影很垃圾，可我从来没看过那部电影。那是爵士音乐家山·拉和他的'银河系太阳阿克斯特拉'演奏的。山·拉说，他的音乐能把人送到太空里。我希望我们也许可以假装我们在仰望星辰，一起听这张CD，看看会发生什么，就像爸爸和我过去做的那样。"

威斯有点儿滑稽地看着我。我向他耸耸肩，让他知道我想听。

为什么不听呢？

尤其是因为，这也许有助于解释罗素为什么需要成为21号男孩。

此外，我真的好奇，想知道这样的音乐听起来究竟是怎样的。

"好吧。"威斯说，但他的声音带着犹豫。

21号男孩笑了笑，停止了踱步："你们会喜欢这东西的。《那地方就是太空》！好了，躺到地板上去吧，躺舒服点儿，仰望着星星。不到整张CD放完，不要说话。这是一条规则。你们会知道何时体验结束，因为我会把灯打开。"

威斯又向我投过来疑惑的一瞥，但我已经躺到了地板上，他也只好照我的样子做了。

21号男孩拉下窗帘，关掉了灯。于是，他的星星发出了一种怪异的绿光。接下来，他按下了CD播放机的播放键，躺到了我们俩中间。

那张CD一开始发出了一些怪异的太空噪声。一个女人唱道："现在已经到了世界末日之后。你还不知道吗？"

接着响起了非常怪异的脉冲噪声。还有一种尖叫的回声，听起来就像一个人在往死里摁喇叭。

但是，当我仰望那些绿色的星座时，我感觉我真的在太空里。这有点儿不可思议，因为我怎么能知道在太空里究竟是什么感觉呢？

那张CD剩余的部分无非是非洲鼓的敲击，一段一段的，每段都很长。

听起来就像一架钢琴从楼梯上滚了下去。

山·拉反复地宣扬"改变命运"和"活着的神话"，用音乐给他的宇宙飞船提供动力。

全是奇怪的噪声，听上去更像一台出了故障的电脑，而不是爵士乐。

一个女人唱了一会儿，唱得很好听。她唱了"一个伟大的明天"，鼓励我们，如果我们"发现地球令人厌倦""就和太空道路有限公司签约"。

接下来的那首歌唱的是黑人统治那片土地时在位的法老。我想知道，这和太空有什么关系。但是，我在一定程度上明白了，整张录音都与黑人文化有关，以及它在太空中会多么轻易地繁荣。

那种音乐听起来根本不像 N.E.R.D. 的音乐，但它很有趣。当我躺在那里听着，盯着 21 号男孩幻想的太空，我感觉我就好像处于一种催眠状态似的，我也真的想象自己正在遥远的星系中旅行。这感觉太酷了！

我从没吸过毒，但我觉得，如果吃点儿迷幻药，可能感觉就像在黑暗中一边听着《那地方就是太空》，一边盯着会发光的贴纸星座。

最后一支歌是主打歌。它欢乐向上，让我觉得我真的想去太空，因为在那里，"你想做什么，就可以做什么"。

听了这张 CD，很容易就能明白 21 号男孩从哪里获得了他怪异的观点和装束。

在整个过程中，威斯和我没有发出一点儿声响。等 CD 放完了，21 号男孩打开了灯。

威斯和我坐起来，眯起了眼睛。

"现在情况有所不同了。"威斯说。他一边说，一边扮了个柠檬脸[1]，就好像他其实想说的是，那究竟是什么玩意儿？

21号男孩说："那么，你们是怎么想的？"

"想什么？"威斯说。

"太空。你们愿意和我一起去吗？"

威斯扬起了眉毛："你觉得你要去的到底是哪儿？"

"土星，然后到更远的地方，"21号男孩说，"黑人和宇宙！我父母现在就在那里。"

"芬利也去吗？太空是不是只有黑人才能去？"威斯说。

我注意到，威斯语带嘲讽。

"芬利具有一种安静的存在，"21号男孩说，"我们会破个例。他将是我们具有象征性的白人太空旅行者。"

我笑了。所有这一切都太精神错乱了。罗素可能在开玩笑，在装，在要我们。但是，威斯有些不爽。

"好吧，"威斯说，"我们就和你一起去太空。我们什么时候出发呀？"

"比你想的要快。"21号男孩说。

"好吧，"威斯说，"懂了。现在芬利和我要走了。要做作业，好多事儿呢。我们明天上午见吧？"

"好啊！"21号男孩说，"我很高兴你们将和我一起旅行。我们可以多听点儿山·拉的音乐，好适应待在太空里。我们会很

1　柠檬脸，lemon ace，指脸上现出失望的表情。

快再次练习待在太空里的。"

我想和罗素谈谈那种音乐，谈谈他和他父亲过去为什么会在星光下、悬崖上听那种音乐。但是，威斯已经离开了房间，而他将和我一起回家。于是，我打算等明天我们单独在一起时再问罗素。只要罗素和我单独在一起，说话就比较容易了。

在楼下，我们和艾伦夫妇道别。

"你们需不需要我开车送你们回家？"艾伦先生问道。

"我就住在拐弯附近。"威斯说，"我爷爷会开车送芬利回家。"

在离开艾伦家有一个街区的地方，威斯说："我觉得这很严重。那种音乐是垃圾。我简直难以置信，我居然一直躺在那里听。他要么是精神病，要么就是要我们。"

威斯居然不觉得这是一场有趣的体验，这让我感到吃惊。

"也可能他是在做他不得不做的事情，为了过日子。"我说。

"你什么意思？"

我还没来得及回答，就听到有人喊我的名字。我转过身，看到 21 号男孩正朝我们飞奔而来，披风在后面拖飘着。

"芬利！芬利！等等！"

威斯和我面面相觑，他和我一样担忧。等 21 号男孩赶上我们，他把胳膊放在我的肩上，喘了一会儿。

"发生什么事儿了？"威斯说。

"我爷爷正赶过来接我们。"

这时候，我看到艾伦先生的凯迪拉克前灯正在靠近我们。

"我跟你说了，"威斯说，"我们不需要乘车。"

"教练刚打了电话，"罗素气喘吁吁地说，"出事了。"

"出什么事儿了？"威斯说，"快点儿说。"

罗素不理威斯，他把另外一只手搭在我的肩上，看着我。我看到了我在他生日那天看到的那个罗素，当时我们在我家屋顶上聊他父亲。那是真实的罗素，不是 21 号男孩。

"艾琳出事儿了，"罗素说，"她在医院，被一辆车撞了。"

"什么？"威斯说，"怎么撞的？"

"不知道。"罗素说。

就好像某个人又把手指戳进了我的喉咙，我无法呼吸了。

艾伦先生停了车，摇下车窗，说："上来。进来。"

我现在正在贝尔蒙特最糟糕的街道上滑行，车窗里映出我茫然的表情，我看到我的脸叠印在我们糟糕的街区上。

呼吸。

努力呼吸，我对自己说。

但是，呼吸变得越来越难。

"出什么事儿了？"我终于说出了话，"她还好吗？"

但是，没人回答，就连艾伦先生也没回答。这似乎有些糟糕。

真的很糟糕。

艾琳

"只要你有话，你总有机会找到说话的方式。"

——谢默斯·希尼

29

艾伦先生让罗素、威斯和我在急救室下车，然后去停车。自动滑门在我们后面关上了。我呕吐了，吐在了候诊室的垃圾桶里。

我感觉整个内脏都要翻出来了。

当我直起身来呼吸空气时，房间里的人有一半在看着我。椅子上坐着大约 20 个病人或精神萎靡的人。一个无家可归者在房间的远端踱步，喊着："只要我得到帮助，我就会感激不尽！只要我得到帮助，我就会感激不尽！"另一半人在看电视机里播放的一个关于鲨鱼的节目，电视机挂在角落里，我抬起头看时，正好看到一只大白鲨的大嘴咬住了一头海狮。

罗素把手放在我的背上，说："你还好吧？"

我又吐了。等吐完了，我抬起头，看着我的队友。

我不知道我为什么会吐。

"听着，"威斯说，"你需要撒谎，说你是她的家人，否则他们不会让你进去。我懂，因为我姐姐生孩子的时候，她的朋友想进去，医院里的人说，只有直系亲属才能探视。因此，你就对他们说，你是罗德。他们可能不会让我和罗素进去，因此你不得不自己进去。"

威斯的手现在也放在我的背上。他说："为了艾琳，你要坚强，拿出男子汉的气概。明白吗？"

我点了点头，因为我想成为一个男子汉。但是，我感觉好像又想吐了。

在前台边，威斯对前台的护士说我是艾琳的哥哥。果然不出他所料，他和罗素被留在了候诊室里，我则被领着去了登记员所说的外伤中心。

我在门口站了一会儿，然后才走进艾琳所在的房间。

看上去就像一场噩梦。

她的左腿裹着软护具。有个颈箍托着她的下巴，让她动弹不得。

她的右臂全被包扎起来。脸上扎着绷带，白色的绷带变成了红色。

她眼睛周围的皮肤又紫又黑。她的脸肿大，闪着光，就好像有人在她眼睛下面涂了凡士林。

坤恩夫人坐在床边。那张床上安着轮子，因此它可能并不是床。我不知道那究竟是不是床。

她们的手握在一起。

艾琳呻吟着，脸颊被泪水打湿了。

"我走了，让你和你的家人待一会儿。"护士说。

我一动不动地站了好一会儿，只是观察，想搞明白这到底是不是真的。

艾琳看上去被毁掉了。

坤恩夫人的头发乱蓬蓬的，眼睛看上去既小又充满恐惧。尽管窗帘已经被拉上了，但她还是盯着窗户。无论是艾琳还是她母亲，刚开始都没有注意到我。

我绕过床，走到另一端，抓住艾琳另一只手。她没有紧紧握住我的手。

当我们四目相对时，由于肿胀，她几乎不像她了。但是，我认得那双酢浆草绿色的眼睛。

她开始说话了，说得真快。她说："芬利，我的腿碎了。我再也不能去打篮球了，再也不能了。结束了。就是那样。我的赛季被毁掉了。我的篮球生涯结束了。现在我没机会获得大学奖学金了。当他们撞我的时候，他们清楚这一点。他们看到了我的脸。我飞到了他们车的引擎罩上。我被扔到了街上。他们就那样丢下了我，就好像我是个死去的动物。那时候，他们看上去甚至加速了。但是，这不可能是真的，对吧？谁会干那样的事儿呢？现在我打不了篮球了。我又怎么能去上大学呢？我们现在又怎么能离开贝尔蒙特呢？我本应该下定决心，早点儿投入进去。他们怎么能把我丢在那儿呢？我不想让你看到我现在这个样子，芬利。我看上去肯定很丑。也许你应该离开。不，不要离开。救护人员还割开了我崭新的运动胸罩，要知道我才买了两天啊。那个胸罩值不少钱呢……"

"嘘！"坤恩夫人说，"你还没缓过神来呢，亲爱的。你很快就又能打篮球了。我们会给你买一件崭新的运动胸罩。情况会好起来的。"

我心里百感交集，但我什么也搞不明白。

"疼啊，芬利。太疼了。我的腿动不了。"

艾琳开始啜泣。这时，她看上去像个小孩子，已经被折磨得精疲力竭。我能看到，疼痛在挖隧道，挖穿了她的脸和身体。

她太疼了，疼得她甚至要哭出声来。

我想对她说，情况会好起来，她很快就又能打篮球了。

我想问她是怎么被撞的，究竟发生了什么。

别说打篮球了，不知道她还能不能走路了？

我看着艾琳的妈妈，寻求帮助。

"医生还无法确定艾琳头部是否受伤，她不能吃止痛药。医生很快就会扫描她的头部。然后，一旦排除脑部受损，就会给她开药。"坤恩夫人说，"你只需要再坚持一会儿就好，艾琳。"

"她的腿怎么样？"我问道，"医生是怎么说的？"

坤恩夫人没有回答我的问题。这时，我审视着她的脸，她自己看上去也非常害怕。突然，我明白了，情况可能比我最初想的还要糟糕。

"芬利。"艾琳说。

她的眼睛红了，但那种绿色甚至更加闪亮了。她的身体受了伤，肿着，甚至还不止于此，但就是这样，那种绿色也更加闪亮了。

"你还愿意重新成为我的男朋友吗？"她说，"我现在需要你当我的男朋友。我害怕。我真的害怕。求你重新成为我的男朋友，我一个人挺不过来。求你了，求你。"

我点了点头。

我当然愿意。

"我要你说出来。"她说。她的声音有点儿小，有点儿孩子气，与她以往的声音大相径庭。这让我真的开始担忧了。

"我现在又成了你的男朋友。"我说。

"那就和我说话吧，跟我说点儿别的。"她说。

"说什么？"

"什么都行，只要能让我忘掉疼痛。"

"就在进到这儿之前，我吐了。"

"真的？你还好吧？"

"威斯和罗素在大厅里。21号男孩让我们在黑暗中躺在他卧室的地板上，听一张爵士乐CD。那张CD是关于如何运用音乐在太空里旅行的。然后，我就糊涂了。突然，我就在医院里了。我太担心你，于是就吐了。我吐了两次，甚至把胆汁都吐出来了。"

"很浪漫啊。你真的知道如何让一个女孩感到特别，芬利。"她说。

这让我感觉好了点儿，因为她笑了一下。

她说："我很想你啊。看看吧，为了获得你的关注，我都不得不做些什么。"

她试着大笑，但那种尝试让她感到疼，她又开始哭出声了。

我担心艾琳会死，因为她看上去太糟糕了。

"会好起来的。"

"不，不会。真的不会好起来，芬利。"艾琳试着大笑，但那只是让她哭得更厉害了。

她的妈妈抚摸了一下她的前额："嘘。情况不错。一切都会好起来的。"

因为我不知道还能干什么，于是我就开始抚摸艾琳的手，就好像它是只猫咪，或者别的什么。大约过了一分钟，她喊道："谁都不要碰我，好不好？"

坤恩夫人缩回了手。

我想和艾琳进行视线交流，但她死死地盯着天花板。我看得出，她突然不想看着我了，我还是安静地待着好了。

我们静静地待了好长时间，直到他们把艾琳挪到另外一个房间。在那里，他们将扫描艾琳的头部。

坤恩夫人获准陪伴她，但一个护士让我留下来。

一个人待在病房里让我焦虑不安，于是我返回了急诊室的候诊室，想看看威斯和罗素是不是还在那儿。

我发现他们和艾伦先生在一起，正在看一个关于蛇的节目。在悬挂的电视机屏幕上，有一条蛇，它的头像一个足球那么大，正在吞一个东西。虽然我只能看到两条后腿从蛇的嘴里伸出来，但被吞掉的东西看上去像一条狗。我不知道他们为什么在急救室的候诊室放这种节目，那里的人们已经因亲人受伤而感到忧伤了。他们难道不能找一些轻松愉快的节目吗？

艾伦先生、威斯和罗素看见我，站了起来。罗素已不披他的披风了。

"艾琳怎么样？"艾伦先生说。

我摇摇头，说："不好。"

"她怎么了？"罗素说。

"她的腿粉碎了，满脸是伤。医生正在扫描她的头部，看是不是也受损了。她聊了一会儿，然后就真的生气了，开始向我喊叫，就好像我做错了什么事儿，可我当时只是握着她的手。"

"那女孩只是受了惊吓，"艾伦先生说，"持续不了多久。她很快就会恢复正常。"

"听到这种情况，我很难过，"威斯说，"该死。"

21号男孩什么也没说。

我抬起头，看到那条蛇已经完成了吞食。它中间部分现在的形状和大小像一条狗，看上去几乎像是伪造的。

"我还要待在这里，"我说，"你们俩可以离开了。谢谢你们等我。"

"真要我们走？"威斯问。

"是啊。如果我需要，我可以和坤恩一家搭车回家。"

"告诉艾琳，我们在支持她。"罗素说。

"对，"威斯说，"请你告诉她。"

"我们今晚会为她祈祷。"艾伦先生说。

"谢谢。"

我回到了创伤中心，但艾琳和她妈妈仍在头部扫描室里。

我独自待在医院里，想着人是多么脆弱，想着人如何能在一

174

秒内消失并永远离开，想着我距离失去艾琳有多近。我甚至开始想起我不愿意想起的事情，于是我咬住左拇指和食指之间三角地带的皮肤，直到疼痛让我的大脑停止挖掘躺在记忆深处的任何垃圾。

艾琳被推回房间时，她左臂上吊着静脉注射吊瓶，人处在半清醒状态。

"她的头部没问题。"坤恩夫人说，"她现在在输止痛剂呢。"

我拽了一把椅子，握住艾琳的手。

"我现在又是你的男朋友了。"我说。

"好啊。"她说。

然后，她笑了笑，闭上了眼睛。

30

教练和女队教练巴托夫人终于现身了。巴托夫人是个大块头，身材矮胖，非常严肃，总是穿着一件运动服。她今晚穿着海军蓝运动服，袖子上和裤腿上各有三条银色带子。艾琳的父母重复了我们知道的所有信息。

撞了，然后逃走了。

腿粉碎了。

做了复位大手术。

坤恩夫妇解释了金属外固定架。那是个套在艾琳腿外面的特大骨架，会把骨头固定到位。之后，一片寂静。

说真的，还有什么要说的呢？

艾琳的赛季结束了。

教练伤感地摇了摇头。

巴托夫人皱了皱眉，说："告诉艾琳，球队会来看她。"就好像那真的会有什么帮助一样。

所有人都默默地点头。然后，教练说："芬利，我开车送你回家。让我们给坤恩一家一些时间，让他们单独相处。艾琳被麻醉了，今晚不会清醒。你在这儿也没什么要做的了。"

我看着坤恩夫妇，看到他们眼睛四周泛起了新的红色皱纹。看样子他们真的想独自待着，于是我点点头，跟着教练出了医院。

我们在停车场和巴托夫人道别，然后上了教练的卡车。

贝尔蒙特的街道静默无声地从车窗前晃过。我看到一个人睡在人行道上；一个无人照看的油桶里点着一小堆篝火，篝火照亮了一个小巷；一些妓女戴着假发，穿着短裙，披着毛皮大衣，在天桥上踱步。

"我必须去照顾爷爷，"我说，就是为了打破沉默，"我得把他弄到床上。"

"我正在送你回家呢。"教练说。但是，他就说了这么一句，再没说别的。这让我觉得有点儿奇怪。

夜深了，因此爸爸已经去上班了。

教练给爷爷讲了艾琳被车撞的情况。他说，艾琳训练后正在往家走，横穿街道时，一辆汽车从拐角驶来，撞了她，然后加速开走了。

爷爷只是摇了摇头，抓住奶奶的玫瑰经念珠末端的十字架，说："我讨厌这个地方。"

我给爷爷换了尿布，把他弄上楼，放到床上。等我打开了灯，爷爷说："艾琳是怎么跟你说那场车祸的？教练漏没漏掉一些细节？"

"和我们跟你讲的一样。"

"没别的了？你确定？"

177

我想了想，把艾琳的话在我的脑子里过了一遍："她说，在撞她之前，他们就加速了。"

"我想就是那样。"爷爷摇了摇头，从他断掉的、参差不齐的牙齿间呼出一口气。

"你说什么？"

"这可能不是意外。"

"你这说的是什么啊，爷爷？"

"你不傻，芬利。别装了，你明白正在发生什么。"

我想了想，想知道爷爷究竟是什么意思。但我很快就否定了爷爷的话，认为那是疯话。谁想撞断艾琳的腿呢？

我回到客厅时，教练正坐在长沙发上，喝起了爷爷的一罐啤酒。

"我想和你谈谈。"他说。

我还没想好，就说："你觉得，是不是有人故意撞了艾琳，为的是报复罗德？"

教练睁大了眼，睁得真的很大。他看了我一会儿，然后说："不知道，我也不想知道。你也不想知道，芬利。你不是在这个街区生活了 18 年吗？不要那么想。没用的信息。不要带着那样的想法去干任何一件该死的事情。你听见我说的了吗？"他啜饮了一口爷爷的啤酒，说："坐下。"

我坐了下来。

"我真为艾琳的遭遇感到难过。这是一种耻辱。一种该死的耻辱。"教练低着头看了一会儿他的手，但当他抬起头来，他笑了。这让我感到非常不可思议。"关于其他消息，猫已经出了袋子。

你再也不用保守罗素的秘密了。"

关于其他消息？教练真的只是想做出这样的改变吗？

"我已经接到了力争上游项目的电话。就在今天上午，K 教练打电话了。K 教练亲自打的。杜克篮球队。罗素的确有成功的机会，你帮他度过了这段艰难时期，值得表扬。我想让你知道，我对此也非常感激。你也会得到上场机会，不要担心。我知道今晚对你来说是个难熬的夜晚，芬利。我之所以说我为你感到骄傲，原因也正在这里。你做得不错，帮了罗素。但是，工作还没做完。"

我只是盯着教练。我知道，我失去了首发位置，教练想让我心情好点儿。我也知道，他在感激我。但是，艾琳在医院呢。我刚看到她伤得那么重。我也明白，她现在丧失了获得大学奖学金的希望。这个时候谈论罗素，很难说是恰当的。

我的手攥了起来。我能感觉到，我的脸在变热。

"艾琳现在在医院里，我知道你会想什么，我只是想让你不去多想，"教练说，"我也不是想惹你不高兴。恰恰相反，医生会搞定艾琳的腿。不要担心剩下的事情了，剩下的事情是你无法控制的。因此，就把你刚才问的那些问题忘了吧，好吗？"

我点了点头，因为我不想继续这样的谈话了。

教练又啜饮了一口啤酒，然后把啤酒放在咖啡桌上，道别了。接下来，就剩我一个人了。

我躺到了沙发上，等着爸爸回家，因为我想让他给我提一些建议。但是，大约在凌晨 3 点左右，我睡着了。

等听到前门开了，我坐了起来。

我眯起了眼睛。

"芬利？"爸爸说，"你干吗睡沙发上？"

我的表情肯定看着很糟糕，因为爸爸挨着我坐下，问："你怎么了？"

我用了一分钟左右的时间，来清醒、思考、回忆。然后，我对他说了发生的事情。

记忆很糟糕，但要把那些话说出来，感觉甚至更糟。

我的胃开始翻腾。

我感到内疚，但我不知道为什么。

我糊涂了。

我终于说："你是不是觉得，艾琳被某个人伤害，是因为罗德的为人，还有他做的那些事情？你是不是觉得，那可能不是意外？"

爸爸看上去吓着了。他的左眼有点儿痉挛："你和艾琳将来有一天会离开这个地方，永远也不回来。也许那一天很快就会到来。"

他没有直接回答我的问题，但我知道他说的是暗语，我们这儿的人就是这样说话的。因此，他证实了我的怀疑。

"去帮你爷爷准备一下，好让他今天好好过。我去做早餐。"

我按照他的吩咐做了。

31

21号男孩从他祖父的凯迪拉克车上下来了，他看上去很像一个地球人。上身穿着一件马球牌子橄榄球衫，球衫上有个巨大的骑马的马球运动员标志，外面套着一件很酷的皮夹克，下身穿着一条黑牛仔裤。他的袍子、披风和头盔不见了。从他的表情来判断，我觉得我今天不会听到任何关于太空的话了。

"嗨，芬利，"他说，"你还好吧？"

我点了点头。

"你听说关于艾琳的更多情况了吗？"

我摇了摇头。

"我爷爷奶奶在为她祈祷。"

"谢谢！"我说。不过，我不敢确定我还相信祈祷。这主要是因为，自打我还是个小孩子起，爸爸、爷爷和我就不再去教堂了。

"艾琳伤得那么重，不能再打篮球了，我很难过。"

"我也是。"

"你想让我在今晚的比赛中坐冷板凳吗？"

我看着罗素，说："我干吗想让你那么做？"

"我不知道。"

"我听说 K 教练打电话谈到了你。"

"我见过 K 教练六回了，"罗素说，就好像 K 教练就是随便哪个老人，而不是全国最佳大学篮球项目的头头，"在训练营里。"

这意味着，罗素曾受邀参加全国最佳高中球员夏令营。他们可以免费去，还能见到各种篮球名流。

"你干吗在这儿？"我问道，"我意思是说，你哪儿都能去。这个国家的任何预备学校都会要你。你在这里干吗？"

"我想离爷爷奶奶近点儿，"罗素说，"此外……也许我需要待在贝尔蒙特。"

"待在这个鬼地方？干吗？"

"成为你的朋友。"他说。

我不明白他干吗那么说，但我也没再问。

我累了。我们抵达了高中。当我们经过金属探测器时，人们开始问我关于艾琳的问题。我沉默以对。

整整一天，我都在想艾琳。我在想陌生人如何在她腿上做手术，如何把它切开，如何插入针或其他什么东西来矫正骨头。我担心医生搞不好，艾琳将不得不一瘸一拐地走路，甚至更糟。我对班上的一切都提不起精神。我收到一个便条，说让我在午饭时间向指导老师报告。这时候，我甚至不在意我必须和戈尔先生谈话，因为这意味着，我可以摆脱罗素了。他不停地问我还好吗，让我烦死了。

当我坐在戈尔先生的对面时，我注意到他的档案柜上粘着杜克贴纸。我开始生气了，虽然我不确定究竟是什么原因。

"你还好吧？"戈尔先生说。

我摇了摇头。

"你想说点儿什么吗？"他的爆炸头左半边看上去有点儿平了，就像他压着那半边睡了，今天早上又没时间整理头发。

"我厌倦了贝尔蒙特。"我说。

"你什么意思？"

"我厌倦了每天看到乱涂乱画。我厌倦了毒贩子。我厌倦了人们假装看不见这个地方正在发生的事情。我厌倦了好人受到伤害。我厌倦了篮球。我厌倦了为人们做好事反遭受惩罚。我想离开这里。我想溜掉。"

那些话就那么脱口而出，这让我感到惊讶。戈尔先生似乎也感到惊讶，尤其是因为我从没跟他谈过任何重要的东西。他尽量不笑，但我能看得出来，他觉得他和我的关系取得了进展。也许他是对的。

"你厌倦艾琳了吗？"他的眼神现在激动万分。

"没有。"

"可你为了篮球和她分手了。"

"那和她进了医院有什么关系呢？"

"绝对没有关系。"

"你为什么叫我来这儿？"

"因为我关心你。"

戈尔先生的身体向前倾了倾。他的额头潮湿，似乎很紧张。也可能他真的关心我。当我直视着他的眼睛时，我看到了某种东西。这让我觉得，我对他的看法也许自始至终都是错的。这很难解释。过去的 24 小时是奇怪的，再说我昨夜也没睡好。

"你知道，我高中时也打篮球。"他说。

"真的？"我觉得这令人难以置信，因为戈尔先生非常瘦，看上去又弱不禁风。但是，他个子很高。

"在大学也打，直到我膝盖受了伤。我过去能扣篮。"

我尝试想象戈尔先生扣篮的情景，在我脑海里拍摄的小电影让我大声笑了。

"年轻的时候，我把我全部的生命都献给了篮球。你知道现在篮球对我意味着什么吗？"他问。

"什么？"

"什么也不是。"

我想，等我到了戈尔先生这个年龄，我会做什么。我看不到我还打篮球。即使我成了职业球员，我那时也不再打球了。出于某种愚蠢的原因，我看到我和艾琳在一起，也许我们结婚了。我们都老了，看上去傻傻的，待在远离贝尔蒙特的某个地方，待在某个还不错的地方，但我们仍然在一起。我想知道，我们是否真的会那样。

"你不欠教练任何东西。"戈尔先生说。

我只是看着他，看了那么一会儿。他对我似乎不太一样，好像是站在我这一边的。也许我对他的看法全错了。此外，出于某种原因，他说的关于教练的话让我感觉好了点儿。

"你看上去有点儿疲倦，芬利。"

"我昨晚睡得少。"

"你想在我的办公室里打个盹儿吗？"

"你说真的？"

"我今天下午开会。要是你想打个盹儿，就在这里打吧。我会对你的老师说，你和我在一起。只要你不对任何人说我的办公室是旅馆就行。"戈尔先生冲我眨了眨眼睛，"我们说定了？"

我不知道我是否能在他办公室里睡觉，但我想一个人待会儿。于是，我说："谢谢。"

"别客气。我在隔壁会议室，有什么事儿就叫我。"

他拍了两下我的肩膀，就离开了。然后，就剩我一个人了。

我盯着窗外，盯了两个小时，一直想着艾琳。

离放学还有一段时间，我溜出了那座楼，为的是不让罗素和别的任何人发现我。

32

　　我在贝尔蒙特糟糕的街上转了几个小时，然后才返回高中，去看我们二队打球。

　　在看台上，我经过特雷尔时，他问："你的小宝贝儿怎么样了？"

　　我停下来，直视着特雷尔的眼睛。"别叫她我的小宝贝儿。你知道，她不喜欢被这样叫。她跟你说了几百次了。显示出尊重好不好？"我说。我听到我声音里流露着愤怒，这让我感到惊奇。

　　"好吧，芬利，"特雷尔说，"该死。"

　　哈基姆和瑟尔交换了一下眼神，然后继续看二队打球。

　　特雷尔就是想关心我一下，我却对冲他吼叫，对此我感到内疚。但是，他叫我芬利，不再喊我白兔，这也让我感到高兴。这一点似乎很重要。于是，我说："再也不要叫艾琳我的小宝贝儿了。好不好？"

　　"放松，芬利，"特雷尔说，"当心你自己。"

　　我知道特雷尔的意思是，我的行为出乎意料，我藐视了贝尔蒙特这里的权力结构；我应该知道自己的位置，否则我就会受到提醒。但是，我现在真的什么也不在乎。我先是丢了首发位置，

186

现在又丢了艾琳，还用在乎别的什么吗？

我坐了下来。

罗素向我滑过来，说："吃午餐的时候，你跑哪儿去了？"

"我和戈尔先生在一起。"我说。然后，我就盯着二队打比赛。我们队已经落后了 15 分。助理教练瓦特兹叫了暂停，正在就如何发动攻击冲他的首发队员叫嚷。"任何攻击！"他喊道。

"你还好吧？"威斯说。

"是的，"我说，"我就想看比赛。"

威斯和罗素面面相觑，然后他们就让我一个人待着了。校队的其他队员也都这么做了。

等二队打完了，我们就开始投篮，每投必中。接下来，在更衣室里，教练宣布了首发阵容，里面没有我的名字。没人跟我说我被降级的事情，我也真的不在乎那么多了。

在做热身练习期间，我看到爷爷和爸爸坐在看台上。我想，要是爸爸开着他的车来该多好。那样的话，我就能径直走到他面前说："让我们去医院看看艾琳。"他会说，我应该打比赛，我对球队负有义务。但是，如果我坚持，他会带我去。

当他们宣布首发名单时，罗素受到了最热烈的欢迎。特雷尔看着他的球鞋。教练说，对特雷尔而言，球队现在多少有点儿不同了，他再也不是首要选择了。

教练重复着比赛计划，讲着怎样打败今晚的对手——布雷克斯顿队。我就站在他后面，但我根本就没听一个字。

我坐在长凳上，看着威斯抢到了跳球。他把球击给了罗素，罗素带着球冲向篮筐。罗素把球传给了哈基姆。哈基姆来了个单手投篮，轻松得分。

"边线插入22。"教练喊道。然后,我们队就变成了2-2-1阵形。

我想起戈尔先生说,篮球现在对他来说毫无意义。我突然意识到,我不在乎我们能否赢下这场比赛,不在乎我能否上场。这只是场比赛。艾琳在医院里。我在这里干什么?

我从没想过我会不再在意篮球,但我现在真的不在意它了。

我站起来说："我很抱歉,教练。我得走了。"

"你说什么?"教练说,"去哪儿?"

我跨过对方的球队,上去找爷爷和爸爸了。

"我应该在医院里,"我说,"我想去那里,等艾琳醒来。"

助理教练瓦特兹跟着我："芬利,你最好把你的屁股放在我们的长凳上。"

爷爷看着瓦特兹教练,说："他现在有个女人要照顾。"

"你知道后果严重。"爸爸说。

"给你最后一次机会,芬利。"瓦特兹教练说。

看台里的所有人都盯着我,就好像我是个彻头彻尾的怪物。

为了找打破我们阵形的办法,对方的教练叫了暂停。当我的队友慢跑着下场时,他们也盯着我。我看到罗素一脸担忧。

"我应该在医院里,爸爸。"

"好吧。"爸爸说。

我推着爷爷的轮椅出了体育馆。那晚很冷,比冰箱冷藏室都冷。

现在，寒冷刺骨。

我们上了车，爸爸发动了车。

"我为你骄傲，"爷爷说，"人比比赛重要。"

"我感到难过。"爸爸说。因为我们都知道，我的离开意味着，教练完全有权永远不让我上场。只要我在比赛开始前请求不打比赛，教练有可能让我和艾琳在一起，没问题。但是，第一节就离开长凳，这种事情前所未闻。教练和爸爸都知道，这意味着我基本上就是在退出球队。

"到了。"我说。然后，我就下了车。

"拿上这个，"爸爸一边说，一边递给我一张20美元的票子，"等你想回家的时候，就给我打电话。要是我去上班了，就打出租车。"

我们钱不多，因此，20美元可不是个小数目。爸爸给我钱，就是想对我说，他赞同我的决定，他支持我。

我对医院的护士说，我是艾琳的哥哥。虽然那时不是常规的探视时间，但我还是被获准进去了。

"你爸妈在自助餐厅。"一个护士说。然后，她给我指了指方向。

我发现坤恩夫妇正盯着咖啡杯。

他们抬起疲倦的眼睛，看着我。

"你今晚没比赛？"坤恩先生说。

"我能看看艾琳吗？"

他们点了点头。

"要是她还在睡，最好别惊醒她，"坤恩夫人说，"她需要休息。"

189

坤恩夫人跟我说了房间号码。我看到艾琳时，她的眼睛闭着。

我非常安静地站在她的床边，看着她呼吸。

她脸上的水肿已经消减不少。胳膊上的静脉滴注意味着给她用的药量很重。

她的坏腿被固定成一种稍微弯曲的姿势。通过那块布，我看到有东西凸了出来。我猜，那是金属骨架的一部分。当她的腿逐渐痊愈时，那个骨架会把她的腿拢到一起。我还不想看伤情，于是我没偷看。

我想着和艾琳一起奔跑、冲刺，想着一起爬出窗来并爬到我的屋顶上，想着她用各种方法使用她的膝盖。几乎所有一切都可以被摧毁。一切都是脆弱的、暂时的。

由于我忍不住，我弯下腰，吻了一下她的前额。我感到，我看到她在睡眠中微笑了一会儿。但是，房间里黑乎乎的，我不确定。

"你不应该在这儿，"一个护士站在门口，小声说、"她需要休息。"

我点了点头。

我又吻了一下艾琳的前额。在挨着床的一张桌子上，放着一个记事本和钢笔。于是，我匆匆写下了下面这张便条：

我来过这儿了。

爱你！

芬利。

我跟着护士，她问："她是你同学？"

"我女朋友。"

她点了点头，然后说："你是个幸运的男人。"

"是啊。"

我本来想和坤恩夫妇坐在一起，但出于某种原因，我去了候诊室。我看着各色人等，他们有的因为孩子要在医院里过夜，有的在等着他们深爱的人从手术或别的什么情况中醒来。他们全都面露担忧，可能就像我那样。我看到一个妈妈和一个爸爸握着手，彼此安慰着；一个小孩子在睡觉，他一个胳膊搂着一只泰迪熊，拇指伸到嘴里。有问题、有受伤或生病的家人的人太多了。

就在他们让我们全都离开之前，我又朝里面看了艾琳一眼。她舒服地睡着，于是我打了个出租车回家了。

33

第二天，我一边吃着鸡蛋和咸猪肉，一边问爸爸，我是否应该请假去看艾琳。还没等他回答，爷爷就说："可以。"

"你上了高中还从没请过一天假吧？"爸爸问。

"没有。全勤。那么，请一天假怎么样？"

爸爸看着我说："你确定不想和教练谈谈？"

"我觉得，没了我，球队照样不错。"

"好吧，"爸爸说，"我不想让你退出任何东西，但在这种情况下……我只是想确定你真的不担心后果，你将来不会后悔这个决定。我的意思是，你热爱篮球，芬利。"

"艾琳更重要，对吧？"

爷爷从他衬衣口袋里掏出两美元，把钱递向我，说："给艾琳买几朵花儿，好不好？告诉他，我盼着下一场'战争'游戏呢。"

"谢谢你，我会的。"我说。不过，我知道，这点儿钱是买不了花儿的。这是一种不错的表示，我对此感到感激。他可能保存这两美元好多年了。我们这儿的一切都要靠爸爸来付账。自打失去腿，爷爷连一天都没工作过。

在上学的路上，罗素在我家前门出现了。他的打扮看上去再一次很有地球气息，好像 21 号男孩真的已经离开了这个星球。

"我今天要去医院，"我说，"不去学校。"

"事情变成这个样子，我真的很难过，芬利。真的。"他打起了响指。

"我现在得帮助艾琳。行么？在学校和威斯黏在一块儿吧，他会陪你的。"

"这不仅仅是陪我的事情，"罗素说，"我们今晚晚些时候能谈谈吗？"

"我不知道。"我不知道医院里会发生什么，"我得走了。再见，伙计。"

罗素点点头，然后向学校走去。他看上去形单影只，一直一个人走着。但是，我对此无能为力。

爸爸开车送我去了医院。在自助餐厅附近的礼品店，我们买了一些花儿。我从一个塑料花瓶里挑了一朵黄玫瑰，因为我知道艾琳喜欢黄色，另外那也是他们摆放的最便宜的。我用了爷爷的两美元，爸爸补齐了剩下的。

我们走着去了医院，找到艾琳正在里面康复的那个部门。我们对柜台后面的护士说，我们到这里来看我女朋友。我不用再撒谎说自己是罗德了，因为在医院的这个部门，有探视时间。

她草草地看了一张图表，用她的钢笔尖向下点着一个名单，说："艾琳·坤恩今天不见探视者。"

"我是她男朋友。"我说。

"对不起。"那个女护士说。

"你能不能把这个送给她，让她知道我在这儿？"我问道，"她想见我。她会这么对你说。我发誓。"

"病人说了，除了她父母，谁都不见。她就是这么说的。"

"她不是个病人。"我说。我完全明白这听起来有多么荒唐，因为艾琳就是个病人。"她是我女朋友。"

"也许是吧。但是，她今天不想见你。明天再来吧。也许到那时候，她就改变主意了。"

"你能帮我们送个便条么？"爸爸问道。

"可以啊。"那女护士叹息着说，就好像我们在要求她做 100 个俯卧撑，或者同样愚蠢的某种事情。

"你有纸吗？"我问道。

那个女护士从她氛绿色的镜片上面盯着我，盯了一会儿，然后猛地从柜台的一个记事本上撕下一张纸。

我犹豫了一下，但还是接着说："你正好也有一支钢笔，是不是？"

她使劲儿摇了摇头，摇得脖子上的肥肉都动了。但是，她最终递给我一支钢笔。我不明白她为何这么生气，但就在这时，有个人在我后面说话了。他说："这是不通人情！我为什么不能进去看我的女儿？我厌倦了在这里等！"

柜台后的那个女护士可能整天都要听人们喊叫。

我写道：

艾琳，

爷爷送给你这朵花儿，他在盼着下一场'战争'游戏。我请了假，现在在候诊室里。跟他们说让我进去，我们好好谈谈。

爱你的，

芬利

我把便条对折了一下，夹在花茎和他们连着玫瑰花一起塞进来的植物中间。那植物看上去像白棉花。

等那个女护士和那个喊叫的男人结束了对话，她向我做了一个手势，说："找地方坐下。等稍微不忙了，我会让一个护士把花儿送给你女朋友。如果她想见你，我们会通知你。"

"要多久……"

"不知道。"她说着，连头也没有从她的名单和图表上抬起来。

"过来，芬利。"爸爸说。我们在候诊室里坐下，那里有六个人在看《早安美国》节目。有个我不认识的歌手正在外面的纽约街道上表演。在她唱的时候，你能看到她的呼吸。她看上去比我大不了多少，却上了电视。她究竟是怎么做到的呢？

我们等着的时候，爸爸睡着了。我想知道，艾琳是不是真的不想见我。我开始焦虑起来。我有点儿糊涂了。我想象不出来，为什么我被拒绝见她。

终于，坤恩夫人出现了，她看上去非常疲倦，也似乎没有冲过淋浴。她说："我很抱歉，芬利，但艾琳今天不想见你。"

"为什么？"

"手术让她很疲惫，再说她看上去又不怎么好。你知道，女孩子们素面示人会是什么样子。"

坤恩夫人在撒谎，试图缓和尴尬气氛。艾琳从不化妆，她甚至没有化妆品。

"你带玫瑰花来真好，这真的会让房间变得明亮起来。"她递给我一张纸便条，然后就离开了。

便条是艾琳写的：

你昨天晚上不应该离开比赛。你现在应该在学校。忘了我。给教练道歉，享受你剩下的篮球赛季。不要再到医院来。我不能见你。

艾琳

我把艾琳的便条读了一遍又一遍，但它没什么意义。就在前一天，她还几乎是哀求的要我再次成为她的男朋友，可现在，她居然说她不能见我。这是为什么呢？

我开始感到胃里恶心了。

我不知道要做什么，于是我就坐在那里等，希望坤恩夫人会回来，并且面带微笑地说"就是开玩笑的！"但是，坤恩夫人没有回来。

《早安美国》结束了，某档脱口秀节目开始了。爸爸就坐在我身边，一直在打鼾。

大约在吃午饭的时候，他醒了，说："艾琳怎么样？"

我给他看了便条。

"她可能对发生的事情感到生气，她从受到惊吓的状态中走出来了，正在感受整个后果。但是，她会回心转意的。"

"你不介意我们待在这儿吧？"我说，"我想待在这儿，以防她改变了主意。"

"我在哪儿都能睡。"爸爸说。然后，他就合上了眼睛。

放学后，巴托夫人和女队带着气球和卡片来了。但是，她们也没被允许进去。这真让我为艾琳揪心。

我告诉巴托夫人，艾琳也不想见我。这时，巴托夫人说："好吧。那么，虽然迟了，我们最好还是回体育馆训练吧。"

艾琳的队友看上去有点儿生气。这让我恼火，因为这与艾琳邀请她们参加晚会不同，对吧？

她们把所有祝愿早日康复的东西都留在了桌子上，然后排成纵队走出去，走向了公交车。

爸爸和我在那家自助餐厅吃了晚餐。

"你知道，"爸爸咬了一口汉堡包，咀嚼着，说，"艾琳的家人也许想保护你，芬利。"

"什么意思？"

"无论撞了她的人是谁，那么，他们可能在观察。"爸爸说。然后，他小心地把自助餐厅打量了一遍。

"我根本不在乎那个。我对付得了那种东西，爸爸。"

"你对付不了。"他说，"根本不是你想的那么简单。"

"艾琳和我没有要求成为那个世界的一部分。"

"我也没要求过。"爸爸说。这让我感觉很糟，因为爸爸自己虽然没什么错，可他的生活还是黯淡无光。"我想说的就是慢慢看看，不要做任何傻事。你和艾琳有一天能离开贝尔蒙特，你们可以走得远远的。我和你母亲本来也可以那样的。"

多年来，这是爸爸第一次提到妈妈。"我觉得，我们不应该谈论妈妈。"

"我们是不应该。"爸爸吃完了他的汉堡包，然后谈话就结束了，因为我不知道还能说什么。

现在桌子旁是另外一个护士，于是我又试了一次，想看到艾琳。但我又被拒绝了，于是我让爸爸开着车送我回家了。

爷爷正在喝啤酒，看76人队的比赛。他问道："艾琳怎么样？"

"她拒绝见我们。"爸爸说。

"我们给她送进去了一朵黄玫瑰，还有一张便条。"我说，"我对她说花儿是你送的，爷爷，还说你想和她一起玩'战争'游戏。"

"送进去的东西不少，可还是没达到目的。她会回心转意的。"爷爷说，"有个奇怪的消息要告诉你，罗素在上面你的卧室里，芬利。"

"什么？为什么？"我问道。

"关于星星的事情。"爷爷说，然后就把他的注意力转到电视上了。

爸爸和我交换了一下困惑的眼神，然后我慢跑着上楼，进了我的卧室。

当我打开卧室门的时候，罗素正站在与我书桌相配的椅子上，一只手向上举着，就像自由女神雕像。

我不由得一怔，但紧接着我就意识到，他这是要把我卧室的天花板变成一个星系。此时，他已经用会在黑暗中发光的星星把天花板覆盖了三分之二了。

"吃惊吧？"当罗素看见我时，勉勉强强地说。

"你在干什么？"

"我想给你做点儿好事，"罗素说，"因此我买了东西，给你布置你自己的宇宙。"

尽管发生了那一切，我还是微微一笑。在此之前，还从没人买东西并给我布置一个星系呢。

"想帮我完成吗？"罗素说。

我点了点头。接下来，我们轮流站在椅子上，排列着星座。集中精力干点儿事情，感觉也挺好的。等我们把整个天花板都贴满了，罗素关掉了灯。我们仰面朝天躺在地板上，沐浴在奇异的绿光中。

"那么，艾琳怎么样了？"罗素问。

"不好，"我说，"她不见我。"

"为什么？"

"不知道。"

"给她几天时间。有时候，人们需要时间和空间。"

我们看着我们制作的星座，就那样看了几分钟。

"教练让你明天来训练，他全都原谅了，"罗素说，"什么问题也不会问你，也不会因为你错过今天的训练或擅自离开比赛惩罚你。"

"你今晚来就是为了这个？传达教练的话？"

“不是，”罗素说，“我来是粘贴星星的，想让你感觉好点儿。”

“我不知道。”我说，“我的意思是，谢谢。那些体贴的话让我感激。但是，我觉得，艾琳现在需要我。我希望我能为她做点儿什么。”

“我在创伤后应激症儿童之家时，有个女人经常在晚上给我们读书。我只是坐着听，甚至无法告诉你书的名字，但那的确管用。那个女人给我们读书的时候，我从没说我喜欢。但是，我真的喜欢。也许你可以给艾琳读《哈利·波特》？也许她喜欢逃到霍格沃茨？”

“也许吧。”我说。

与罗素在一起，感觉真好，尤其是在那一切发生之后。这几乎就像我们可以假装我们仍是孩子，或者别的什么。我还怀疑，这也许就是我们喜欢读《哈利·波特》那样的童书的原因。我不知道。

罗素到我家来，让我感到高兴。

他给我制作了一个星系，让我感到高兴。

34

爸爸每天都会开车送我去医院。我手里拿着《哈利·波特》，走到桌子旁，准备把我的女友带到霍格沃茨。护士也每天都说，艾琳不想见我。于是，我坐在候诊室里，既垂头丧气又生气。

戈尔先生说，如果我坚持每天都去，艾琳最终会让我进去。当我问到他怎么知道时，他说："真爱无敌。"这听起来像陈词滥调，但我希望他是对的。

我没有去参加篮球训练，这意味着我正式离队了。

教练没来看我，也没有通过罗素给我捎口信，我想他是不是生我的气了。或者，只要有罗素给他打球，他就高兴了。也许，在他眼里，我已经是个只为自己着想的人了。一个暴力事件会让你看世界的眼光大为不同，这真够搞笑的。当一个歹徒用车撞了你的女朋友，篮球似乎就再也没那么重要了。教练说什么"在球场上理解人生"，现在听起来就像屁话。或者，我也许通过篮球理解了人生。那就是，如果你能帮助人们获胜，他们就在乎你；如果你不能，他们就不在乎你。

大约过了一个星期，护士说，艾琳被移到了另外一栋楼里，以利于康复。"什么楼？在哪里？"我问。但是，他们告诉我，这是秘密。这让我气坏了。我奋力地冲进病房，想看看他们是不是在骗我。

"艾琳？"等我抵达她过去的房间时，我喊道。但是，在我女朋友原来睡的那张床上，睡着一个老妇人。

一个大块头的保安抓住我的胳膊，说："我建议你安静地退出房间，不要惹麻烦。"他护送我去了门口，说，"不要回来了。"

由于没手机，我穿过街道，向路边电话亭的付费电话走去。但是，毫无疑问，有人已经把话筒拔掉了。于是，我只好在天寒地冻中等在医院外面，直到爸爸来接我。

我开始在通向坤恩家的那条街上游荡。我整个下午都站在人行道上，等着坤恩夫妇中的某一个回家，以便问问他们艾琳在哪里，但我一连几天都没见着他们。我甚至半夜起来，走上那条街道，就为了看看他们的车是不是在车道上。它不在那里。

大约一个星期后，他们的连排房屋前出现了一个待售的牌子。又过了没多久，有很多看上去凶巴巴的男人就开始把坤恩家的家具装上一辆大搬家卡车。

"你们要把这些东西送到哪里？"我问那些男人。

"不能说。"一个家伙说。他的脸上文着一个蜘蛛网。

另外一个脖子上有一道很深的红伤疤的家伙说："你最好走开。就现在。"

202

爷爷和爸爸说，艾琳显然被重新安置到某个地方了。但是，谁安置的，又安置到了哪里，没人知道。

我问戈尔先生，他是否听说过什么。他检索了学校的电脑系统，电脑上说家庭教师正在教艾琳。至于别的，他也不知道。

有一天，我去了体育馆。就在训练预定开始的时间之前，我见到了教练。"你知道艾琳的情况吗？"我问。这是因为，他几乎知道这个地方的所有人，消息灵通。"你知道她在哪里吗？"

"我怎能无所不知啊？"教练摇摇头，接着说，"我告诉过你，不要问太多问题。当心点儿，芬利。事情成了那个样子，我很抱歉。但是，你做出了你的选择。"

他转过身去，背对着我。这让我知道，他不想招惹爱尔兰黑帮，不想卷进去。他不想和我有瓜葛了。我毕竟帮了罗素，我不得不忍住想撞他的冲动。虽然我意识到，即使教练想冒这个险，他也帮不了我什么，但我还是觉得自己被背叛了。

一天夜里，凌晨4点，等这一带的人都睡了，我闯入了坤恩家的连排房屋。天上没有月亮，我其实什么也看不到。他们过去常常在花园里的第三块砖下留个钥匙，于是我在地上爬着摸索，数着砖头，甩着污垢，直到找到那把钥匙。

所有的窗帘都被拉上了，因此一旦我进了屋，就能用手电筒，又不会被看见。

但是，什么也没留下，甚至连一片垃圾都没有。

203

一无所有。

我用手电筒照了每个房间的每一英寸地板，检查了每个壁橱，甚至连阁楼和地下室都看了。

坤恩一家没有留下任何痕迹。

他们仿佛消失了。

我开始觉得，我似乎又要吐了。

我站在艾琳的房间，房间的味道闻起来还像她的味道——桃子洗发水。她的消失似乎是不可能的。如果她得到许可，她会与我联系的。这意味着，她可能无法和我联系。我坐在地毯上，坐在以前床腿压出的四个印痕中间，手捧着头。

艾琳能在哪儿呢？

我怎么就失去了我人生中最好的东西呢？

在这个世界上，我感到孤单。

在我离开的时候，我保留了那把钥匙，虽然我不知道为什么那么做，也许只是想拥有艾琳和我的某个部分。

我精神恍惚地游荡了几天，没有回答任何人提出的任何关于我如何支撑下去的问题。

我脑子里什么也没有，除了艾琳。

她的下落让我太紧张了，结果在一天下午放学后，我不能自已，闯进了"爱尔兰自豪酒吧"。我没有去想后果，只是大步走了进去。这是最后一招儿。我想，只有在这里，才有可能找到罗德·坤恩。

六个穿黑皮夹克的男人坐在吧台边，喝着啤酒。

我绕过台球桌，向那些男人走去。酒保先看到了我。他头发花白，长着鹰钩鼻子。但是，他的一双蓝眼睛目光和善，似乎在告诉我转过身离开，以免凳子上的那些男人看见我。

"对不起。"我说。

所有人都转过身来，没有人笑。

"我可以和罗德·坤恩谈谈吗？有重要事情。"

那些男人面面相觑，似乎想让我明白，我不该提那个名字。

酒保说："嗨，小家伙，该走了。"

"我在找罗德的妹妹艾琳，"我说，"她是我女朋友。"

"你根本就不该来这儿。"其中一个男人说。

"要知趣，麦克曼纳斯。不要像你祖父那样，要像你爸爸那样。"

"我只想知道艾琳在哪儿。"我现在流汗了，手也抖了起来，但我不在乎会碰到什么事情。我需要找到艾琳。

那些男人比较瘦，没留胡子。其中一个抓住我的脖颈，把我推到墙上的付费电话边，把两枚25美分的硬币投进了投币孔，说："给你父亲打电话，告诉他你在哪儿。"

"艾琳在哪儿？"我说。

"这不是比赛，孩子。"

"她在哪儿？"

他重重地挤压着我的脖子，挤压得我的膝盖都弯曲了。"给你父亲打电话。我是这儿的好人。如果酒吧里的那些孩子对你产生了兴趣，你会很难受的。"

我用力按下了我家的号码，爷爷接了电话。

"爷爷，我需要爸爸来接我。"

"你在哪儿？"爷爷说。

就在我犹豫的时候，那个男人说："告诉那个没腿的老东西你在哪儿。"

"我在'爱尔兰自豪酒吧'。"

"你这做的什么事儿啊，芬利？"爷爷说。

"爸爸能来接我吗？"

那个男人从我手里拿过电话，说："过来把这个孩子接走，不要让他再来了。"他挂了电话，然后把我推到外面，点了一根烟。

我们在人行道上站了几分钟。然后，我说："她在哪儿？"

"你真的和罗德的妹妹有一腿，啊？"

"我爱她。她是我最好的朋友。"

"那真不错。"他说。他把烟头丢到街上，又点燃了一根烟。"如果你想再次见到她，我建议你先让事情冷下来。和你祖父谈谈。他知道这些事情该怎么做。"

"我就不能和罗德谈谈吗？告诉我吧。"

"你真的不想放弃，真的？"他说，"你压根儿就不知道你有多么走运，碰巧我今天坐在酒吧里。"

我爸爸停了车，从车里下来，说："刘易斯。"

"这个东西归你管了啊，帕德里克。"

爸爸吞了一下口水，点了点头。

"他闯进了酒吧，开始问他女朋友的情况，于是我就把他拖了出来，以免别人对他做出什么事情。不过，要不是我在这儿，这事儿就不会这么愉快地结束了。"

"谢谢你。"爸爸说，然后伸出了手。刘易斯握了握，然后把爸爸拽过去，来了个男人之间的拥抱。他拍了一下爸爸的背部，小声地说了一些什么。

"上车，芬利。"爸爸跟我说。

等我们开走了，爸爸问，"你当时在想什么呢？"

"他小声给你说了些什么？"

"说我欠他个人情。你知道那是什么意思吗？"

我点了点头。那意味着，我父亲将来必须为刘易斯做点儿什么。

"刘易斯是个老朋友了，我们是发小。因此，你今天真走运。但是，你不能再这样了。你不能一直问问题。你必须耐心。"

我根本不想弄明白他说的话。我还是个孩子，不是爱尔兰黑帮成员。我根本不在乎他们在这年头称呼他们自己什么，不在乎他们禁止人们称呼他们什么。

等我们到家了，爷爷的轮椅在餐桌旁停着。奶奶的玫瑰经念珠缠在他的拳头上，但他没喝酒，看上去很清醒。爷爷冲我摇摇头："你疯了吗？"

"我……"

"你现在不可能知道艾琳在哪儿！"爷爷吼道，"你是个没用的蠢货吗，孩子？ 10年了，你难道还没有看够我这双残腿吗？你哪根筋出问题了？ 今天碰到的那些人会为了一美元割你的喉咙。"

爷爷以前从没这样骂过我。他声音颤抖。我从没见过他这么生气。他说话时，甚至家乡口音都出来了。没用！

爸爸把手放在爷爷的肩上，爷爷发出了一声可怕的叹息。

"听着，芬利，"爷爷说，他的声音平静了一点儿，"有时候一个家伙会通过干某件大事来脱离组织，某件能让他退出的事情。如果罗德做了某件大事，他就有可能制造强大的敌人，而那就需要他和他的家人消失。他们可能消失得不够快，而这也许可以解释艾琳遭遇的意外。这全是推测，芬利。这样的事情再也不要干了。你得聪明点儿。我了解艾琳。等安全了，她会和你联系。但是，你要是到处去问问题，那只会让每个人都不好办。"

我看着父亲，他点了点头。他认为爷爷是对的。

"那么，我只有等着艾琳联系我了？"我问，"什么也不做？"

"最好这样。"爷爷说。

"这样你最安全，"爸爸说，"我们最安全。"

我怎么能什么都不做呢？

35

一天上午，在上学的路上，罗素求我在我们家后院投篮，就我们两个。他说，这可以成为"我们的事情"。我问他我们干吗需要一种"事情"，他说："你似乎冷漠了，冷淡了，不是你自己了。也许一个星期投一两次篮能起作用？"

后来，在那天晚上他训练后顺道来了。我对他说，我真的不想和他一起投篮。"我已经和篮球拜拜了。"我说。

"只投10次。如果你不喜欢投第11次，我就彻底放弃，好吧？"

我叹了口气。

"来吧，"罗素说，"只投10次。"

我跟着他绕过了房子。我们在车库里找到了我的球。

"夺了你的位置，我感到难过，"罗素说，"尤其是在艾琳出了事儿以后。她的意外，还有她消失的方式，真的震动了我，多少把我唤醒了。我不知道原因，但那晚在医院里，某种东西在我脑子里咔嗒咔嗒地响。然后，就好像我又开始向前移动了，而你开始向后移动。现在感觉就像我们在朝着相反的方向移动，我怀念一直有你在身边的日子。你现在事事不顺，而我却一帆风顺，可能比这学年开始时我想象的还要好。这似乎不公平。"

我不知道怎么回答，于是就没回答。当然了，他说得对。我一直在思考我境遇中的不公平，思考了几个星期，但听到罗素这么平淡乏味的陈述还是让我痛苦。我一方面有点儿嫉妒，一方面只是被击败了。

"问题是，教练是对的，"罗素说，"打篮球的确对我有益。我喜欢那种整体性，喜欢打篮球。这让我忘掉了在洛杉矶发生的事情。这也是我的未来。我想感谢你，谢谢你在我的过渡阶段陪伴我。"

他现在就那么称呼他的太空行为？他已经彻底忘了那个 21 号男孩。就好像篮球是他的治疗方法，是他向神智健全的回归。

"我认为打球也能帮助你，"罗素说，"我意识到你和教练完了，我意识到了，但也许你和我能……"

"那只是一种比赛。那也许是你获得财富和名气的票，我为你感到高兴。但是，我再也不在乎篮球了。我真的不在乎。"

"只投 10 次。我打赌你想投第 11 次。"罗素一边说，一边在手里转着球。

"好。"我说，然后就做了个表示。他把球传到我手里，我就投了。球进了。罗素抢到弹回来的球，传给我，我又投了。我们重复着那种过程，找到了一种节奏。我开始感觉到我的心跳了，我的肌肉松弛了。我投丢了第 5 个和第 7 个球，最后 10 投 8 中。

"就这样了？"罗素说。

我想了想，明白了罗素为什么需要打球，我明白，这种比赛将会给他提供很多机会；我甚至明白这为什么也能在精神方面帮助他，因为这可以让他忘掉更大的问题。但是，篮球对我来说可不一样。投篮只会让我痛苦地意识到，艾琳再也不在这里了。

"不投第 11 次了。"我说。

"我很遗憾，"罗素说，"我不想让篮球成为我们之间的一个中心点。"

"它不是。"

"那么现在干什么？"

"我想躺到车库顶上，凝望我能看到的那几颗星星。"我说。

"我能和你一起吗？"

"当然了。"

我们借助围墙爬上了车库，然后看着那三两颗星。通过光污染和烟雾，我们只能看到那么多星星。

"你有没有感觉到，你在外面和在里面就好像不是一个人？"罗素问道。

"一直都是。"

"是啊，我也是。"他说。

我们默默地躺在那里。

"我很抱歉，对你来说，篮球被毁掉了。"罗素说。

"我很高兴它帮了你。"我说。我真的高兴。

36

日子过得很慢，同时又过得飞快。

你知道我什么意思吗？

也许就像一个梦。在梦里，时间具有了一种新的含义。

我不知道。

生活变得时而模糊，时而扭曲，时而舒展，时而一塌糊涂。很难解释。

我上学。

我做作业。

我和爷爷、爸爸、罗素和戈尔先生说话。

发生了一些事情，但什么也没真的进入我的记忆。

总之，没什么值得一提的。

我就是一直觉得麻木。空虚。悲伤。

有时候生气。大多时候悲伤。

某种醉醺醺的感觉。空空荡荡。

厌倦。受骗了。孤独。

我一直在想艾琳。

她能在哪儿呢？她在某个比较好的地方吗？她会和我联系吗？她是不是已经忘了我？将会发生什么呢？

很难知道。

那么多的失望。

对我来说，贝尔蒙特仿佛一座监狱。

我在这里游荡、呼吸、生存，但感觉就好像我的生活在别处，在某个比较好的地方。

无论艾琳在哪里。

每一天的每一秒，我都在想着艾琳。

艾琳。

艾琳。

艾琳。

艾琳。

艾琳。

艾琳。

艾琳。

她为什么还不联系我啊？

为什么？

37

在篮球季里，晚些时候，罗素和我又一次坐在了我家屋顶上，试着看星星。我们在一起，就做这个。他经常在赛后来看我，不过我们从不聊篮球。有时候我们根本不说话，只是仰望着天空。我曾无意中听到同学闲扯，说我们队打得不错。不过，我再也不需要知道球队的情况了。

罗素说："好吧。我现在真的担心你。"

天气冰冷，但我不在乎。我喜欢脸上和手上那冰凉的灼痛。

罗素裹着我的围巾。

天空阴沉沉的，因此看不到星星。

"为什么？"我说，虽然我知道为什么。他已经正式地、一劳永逸地丢掉了 21 号男孩的伪装，已经变回了罗素·艾伦，变回了那个篮球超级明星球员。由于他在各种联合会里都名列前茅，似乎没人在意他在学年大部分时间里都行为疯狂。教练是对的。罗素比我更需要打篮球。我几乎像是吸收了他所有的疯狂，仿佛我是他的水蛭，因为他现在看上去彻底好了，而我则每天在校园里游荡，好像生活在另外一个星球。

"你生气了，而且垂头丧气。你似乎越来越糟了。"

"那么，你要去杜克？"我说，想换个话题。

上星期有个正式的新闻发布会。新闻记者来了，拍摄了罗素签署协议、接受一份奖学金。世上每个人都知道他要去杜克，因此问这样的问题很愚蠢。

罗素点点头："还没有艾琳的消息吗？"

"没。"

"不可能那么长时间啊。"

"都两个多月了。"

"真的？"

最糟糕的是，别人似乎根本没注意到艾琳不在了。没了她，她的篮球队没有赢下多少比赛。最初还有私下议论，但学校仍按部就班，就像贝尔蒙特别的事物那样，就好像我们所有人都无关紧要。任何人都有可能消失，但一切都不会发生太大变化。我们的生命似乎没有价值。

"我厌恶贝尔蒙特，"我说，"我真的厌恶这里。"

"那就离开。世界很大，芬利。"罗素说，乍听起来就像戈尔先生说的，"世界上有很多好地方。我知道的。在我来这儿之前，我去过很多地方。"

"我该怎样离开呢？"

"机会总有一天会来。想想《哈利·波特》吧。他的生活多糟糕，但接着一封信来了，他上了火车，然后对他来说，一切都不同了，更好了。不可思议。"

"那只是故事。"

"我们也那样，我们也是故事。"罗素说。

"你说的是什么意思？"

"如果我们把我们的遭遇准确地写在一本书里，那么就可能有人也会认为我们的生活不是真的。"

"我很抱歉没去看你打球。但是，我就是不能。"

"没关系。不过，威斯有点儿生你的气，因为你解散了那个读书俱乐部。"

我耸了耸肩。对解散了威斯的俱乐部，我感觉不爽。但是，自从艾琳出车祸后，他也不像以前那样对我友好了。学校里的人都知道爱尔兰黑帮移走了艾琳，此外，由于我是艾琳和贝尔蒙特的最后联系，人们都怕和我接近。威斯疏远了我。我不怪他。

"我想等篮球季一结束就带你去个地方，"罗素说，"某个特殊的地方。"

"哪里？"

"那是个惊喜。"

"它与艾琳有关吗？"

"没有。它与宇宙有关。我觉得你会喜欢它。"

他又提起了太空，这让我感到惊讶，因为自他上次提到宇宙，已经过去好长时间了。"你觉得艾琳会不会联系我？"

"会。我保证。最终会。"

"她为何还不和我联系呀？"

"不知道。在生活中，我们不知道的原因多着呢。我的精神治疗师告诉我的。"

"你现在好点儿了？"

罗素仰望着灰色的天空。

"我的意思是，你再也不称你自己21号男孩了，"我说，"你不再说你父母乘着火箭船在太空里飞了，你不再说离开这个星球了，你也不再穿疯疯癫癫的服装了。"

"我不觉得我好点儿了。我想说，我现在不需要隐藏了。"

"因为在篮球方面进展顺利？"

"因为我一直在前进。"

"那么，这不过就是一场比赛。至于太空的东西，你只是虚构了它，为的是不让人们问你的遭遇？"

"有点儿像你假装不说话？"

"那不是一回事儿。我没向人们撒谎。对我而言，说话难，太难了。"

"也许是这样吧。对我来说，当个地球人也难。你近来一直话不少，总之，比我刚认识你的时候话多。这是不是意味着，你好点儿了？"

我想了想他要表达的意思，也许他是对的。也许，为了逃避，我们都在演戏。

"那么，你父母遭遇什么了？"我问道。

"你妈妈呢？"

我不愿意谈那个，罗素似乎也不想。我们默默地坐在我家屋顶上，坐了好一会儿。然后，他祖父把车停在了我家前面。罗素说："以后再聊。"

我又在屋顶上坐了几个小时。然后，我躺在床上，仰望着罗素给我的星系发出的奇异绿光。

38

球队以一分之差失去了州冠军。我听说，特雷尔最后一投未中。罗素，以及所有人，都为丢掉冠军惋惜了好几个星期。学生们垂头丧气地走在走廊上，教师们皱着眉头，整个学校似乎都很沮丧。但是，紧接着，生活又照旧了。但罗素还记得，他想给我展示某种东西。

在大失败之后的一个月左右，一个星期六，罗素和艾伦先生来接我了。

"你为你的惊喜做好准备了吗？"罗素问道。

"当然了。"

我上了那辆凯迪拉克的后座，看着贝尔蒙特的丑陋景象透过车窗滑过我的眼帘。

罗素拿着一张纸，说着方向，他祖父则做着必要的转弯。

在公路上开了一个小时左右后，我们上了一条有很多树木的路，甚至经过了一些马和牛。我看到玉米秆，还有一大片长着我不认识的植物的田地。那里没有房子，没有街灯，没有任何人造的东西。

我以前从没来过这样的地方。这让我坐直身子，头左摇右转动着，以免错过任何东西。

　　从车窗里进来的风暖暖的，充满了各种气味。那些气味似乎太浓烈了，全都吸进去几乎会妨碍呼吸。

　　"肥料。"当我们驶过一阵难闻的气味时，艾伦先生说。

　　"那是什么东西？"

　　"牛粪。"罗素说。

　　"化肥，"艾伦先生说，"有助于这些庄稼生长。"

　　对我来说，即使是肥料的气味闻起来也挺好的，因为它不像我此前体验过的任何东西，与贝尔蒙特的下水道气味不同。说清楚点儿，我不喜欢肥料的气味，但我喜欢身处乡间。

　　我们驶上一条穿过树林、高低不平的土路。我有点儿紧张，因为如果我们在这里抛锚了，方圆几英里可是什么都没有。

　　但是，紧接着，我看到了一个看上去像一座加油站的建筑。建筑外面竖着一块牌子，牌子上写着"观星者乐园"。这的确令人惊叹，让这个地方显得格外令人兴奋。我们在加油泵那里停了车。艾伦先生给油箱里加油，我跟着罗素进了里面。里面有磨损的木质地板，还有几排食品和露营装备。一个大块头、红脸庞的男人坐在柜台后面。

　　"你们好！"他一边说，一边给我们展示了一下他粉红色的手掌。

　　"我们有预订，"罗素说，"用艾伦这个姓氏订的。"

　　"的确！你们挑了一个美丽的夜晚，完全没有云。你们的眼睛要饱览美景了！"

"我们整整一个星期都在观察天气。"罗素说。

"12 号观景台，如何？"

"好的。"罗素说。

艾伦先生进了商店，站在我们旁边。

那个男人在一张纸上写了什么东西，然后递给我们每人一本小册子。"这是我们的观景规则。除非有紧急情况，否则不到天亮，不要发动你们的车。如果你们要在你们的台里点灯，就必须拉下遮光篷。在你们的台外面，绝对不能用任何手电筒或灯。一旦太阳落了，只能发出图书馆里发出的那种声音。也就是说，你们需要小声说话。如果你们大喊大叫，就会被要求离开。除此之外，就是好好欣赏表演了。我需要你们每个人都在规则手册上签字，以确定你们同意遵守这些条款。"

艾伦先生给了那个男人一张信用卡。我们全都签了字，收到了免费赠送的星图，然后就回到了车里。

"这是什么地方？"我问，"什么表演？"

"你会看到的。"罗素回答道。

我们驶上了那条土路，驶过了一些标着号码的木牌。牌子上标出了没有铺柏油的车道。那些车道转了个弯，消失在树林里。

等我们找到了 12 号，艾伦先生打了个左转，我们又驶上了一条土路。这条土路很窄，树枝抽打着汽车。"我最好别看见我的凯迪拉克上有任何擦痕，否则某个名叫罗素的人明天就要整天打蜡、擦拭了。"艾伦先生说。

路弯向了右边，然后，我们来到了一个看上去很奇怪的结构上面。那个结构就像一个十字架，位于一座树屋和一座灯塔之间。那是一座八角塔，它拔地而起，耸立在树林之上。塔顶坐落着一个大桶。那座建筑让我想起了国际象棋中那个看上去像座城堡的棋子。

"嗨，我会看到的。"艾伦先生说。不过，他在微笑。

"来吧！"罗素说。

我们通过地面上的一扇门走了进去，然后爬上一个螺旋形的楼梯，来到一个房间。房间里有四张床、两个窗户。窗户上挂着厚厚的窗帘，我觉得那就是所谓的遮光篷。还有一个小洗澡间，可里面只有一个水槽和一个马桶，没有淋浴。

罗素继续向上攀登，我在后面跟着。天花板上有一个像活板门的东西，我们不得不推开它，打开后，就见到了天空。我们爬上了一个观景台，观景台四周围着高高的木栏杆。这样一来，我们仿佛站在了一个巨大的木质杯子里。地板上铺的东西像是摔跤垫子，我的脚陷进去了一英寸左右。

"我们今晚就睡在这儿，"罗素说，"里面的床是给那个老人准备的。"

我四下望望，除了嫩绿的初春树木叶子和十几个观景塔的顶部，什么也看不到。那些观景塔彼此间隔约 100 码[1]，形成了一个圆。

---

1   1 码为 91.44 厘米。

"这真令人吃惊。"我说。

"我以前是怎么跟你说的？"罗素说，"世界上不止有贝尔蒙特，对吧？"

我们跑下楼梯，把冷藏箱和其他装备带上了卧室。

艾伦先生登上楼梯花了不少时间，但等他到了顶部，四下望望，说："我从没见过这么多的树。"

"谁知道你开了两个小时的车，来到这么一个地方？"我说。

罗素自豪地笑了。

当落日在树梢上喷出火焰时，我们吃了艾伦夫人给我们包的金枪鱼三明治，喝了麦根沙士。

"我不想摸黑爬楼梯，因此我打算在楼下看书。你们俩乐吧，不要太靠近边缘，听见了吗？"艾伦先生说。然后，他就消失在了天窗里。

在上面，越来越冷，有强风刮过，树枝哗啦哗啦地响。

"你听见叶子在嘶嘶吗？"我说。

"酷，哈？几乎到了'图书馆里发出的声音'的时候了。"罗素说，来了个炫耀的引用，"我敢打赌，这儿的声音的确大了。"

我们都仰面躺下，我的肩胛骨陷进了地毯里。

"这地方真的令人敬畏，"我说，"谢谢你带我来。"

他点点头。然后，我们就注视起西边的天空了，那里发出了橙粉色的光。

我们默默地躺了15分钟左右。然后，不知怎么的，罗素说："跟我说说你妈妈的遭遇，我会告诉你我父母的遭遇。"

"为什么？"

"因为朋友就该这样，彼此倾诉、倾听。"

"这不重要。"

"这重要。"

"我没想到要谈这个。"

"不信任我？"罗素问道。

"我信任。"

"那么，好吧。周围只有我和树。"

"你把我带到这里来，就是因为这个？"

"有这方面的因素。但我更愿在表演开始前谈谈。"

"那些星星？"

"是啊。"

"我们一直在我家屋顶上看星星呢。"

"这不同。你会看到的，"他说，"让我们谈谈我们父母的遭遇吧。我真的觉得这可能有帮助。我一直跟我的精神治疗师谈。你可能也应该和一个精神治疗师谈谈。"

"我曾一直和戈尔先生谈呢。"

"那就好。和我说说吧。"

"那是个令人压抑的故事。"

"我的也是。"

"我不知道。"

"我们就用'图书馆里发出的声音'，这样一来，就无论如何也不会有什么坏处了。"

　　我笑了。"图书馆里发出的声音"。我想知道罗素的故事，我真的再也不在乎保守爷爷的秘密了，尤其是在艾琳失踪的情况下。也许那正是坏事发生在我那样的地方的原因，因为没人说。但是，即使是这样，当我听到我自己用"图书馆里发出的声音"，听到我第一次讲述那个故事时，我还是感到吃惊。

　　我告诉罗素，我爷爷为一群坏蛋做事。为了能把奶奶带回爱尔兰，他偷他们的钱。奶奶患了致命的癌症，想死在她的老家。他们生在科克郡，那里仍有我们的亲人。但是，他们一直都很穷，穷得回不去。我从没去过爱尔兰，但对我奶奶来说，死前回去很重要。于是，出于绝望和悲伤，爷爷偷了钱，带走了她。他觉得，一旦出了美国，他们就安全了。唯一的问题是，他剩下的家人还留在贝尔蒙特。我爷爷低估了那些坏蛋的残酷无情。为了抓到我爷爷，为了让他从爱尔兰回来，那些坏蛋抓了我。

　　"你说他们抓了你，是什么意思？"罗素用"图书馆里发出的声音"说。

　　我回忆了起来。我记得好像有个人把一根手指戳进了我的喉咙。我开始感到冒汗了。

　　"我爷爷和坏蛋混在了一起，那些坏蛋就像艾琳的哥哥罗德。你可能难以想象。"

　　"于是他们绑架了你？"

　　我吞了吞口水："我还从没和任何人说过呢，甚至没跟艾琳说过。"

"说出来好。你可以信任我。"

我搜寻着天空，想看到早出的星星，但一个也没看到。然后，我就给他讲了我还记得的情况。

我记得一些戴滑雪面具的人在半夜抓了我，记得我父母的尖叫，记得我父亲被打的声音。

我记得我被扔进了一辆汽车的后备厢里，我的手被反绑着，嘴里塞着一只臭烘烘的袜子，头上绕着布带子。

我记得在一个黑暗的房间里待了很久。由于害怕，我喘着气，小声地嘀咕着。我只能闻到干尿味和尘埃的味道，一连闻了几个星期的样子。我又渴又饿，然后，我突然又和我父亲在一起了，但那是在我母亲的葬礼上，还有我爷爷再也没腿了。

我记得我父亲的眼睛很红，红得就像生汉堡包那样。他脸上仍然留着紫色和黄色的伤痕。我记得爸爸告诉我，我母亲去找了警察，试图救我。但是，她之所以死了，也正是因为那样做。接着，他告诉我，永远也不要把发生的事情对任何人说，永远。我从没被允许向任何一个人说，否则我们都有可能以死亡终结。

"他告诉我不要告发，于是我就没有告发。我当时只是个小孩子。我也害怕说错话，把爸爸和爷爷也失去了。"

"你就是从那时不爱说话了？"罗素说。

"是的。也就是从那时起，我开始打篮球。"

"该死。"

"我记不得母亲长什么样了，"我说，"我们有照片，但在相框外面，我们再也见不到她了。你知道我说的是什么意思吗？"

"有时候，我觉得我正在忘记我父亲的声音，"罗素说，"正在忘记我母亲散发出的气味儿，很多事儿……"

"他们遭遇了什么？"

西面的树木现在似乎正在被涂抹上一道粉红色的氖光。这是今天最后的光芒。

罗素深吸了一口气，然后说："劫车。妈妈和爸爸去看一个朋友，那个朋友在一个酒吧里吹萨克斯。那个酒吧在一个幽暗的地方。有几个吸毒的人用枪射中了我父母的头，然后带着几百美元、我妈妈的首饰和我爸爸的手表跑了。完全是随意的暴力行为。根本不公平。愚蠢。够让你想离开一段时间，并且告诉人们你来自太空了。"

"当你试着回忆你父母在一起的情景时，"我问道，并不清楚我为什么要问，"你看到了什么？你记得最清楚的情景是什么？"

他想了一会儿："这一次我看到了我父亲和一个大乐队演奏，那个乐队是一个复古风格的怀旧乐队。演到一半的时候，乐队的头头邀请我妈妈和他同台唱一首歌。我感到惊讶，因为我甚至不知道我妈妈会唱歌。

"她不想站起来，但观众开始为她鼓掌。于是，她走上舞台，说，'你们这些家伙知道我要唱什么歌曲。'我父亲改吹小号，因为他会演奏任何一种乐器。他吹了起始调，然后我母亲就唱了艾拉·费兹杰拉的《我开始看到光明》。我父亲站在她旁边。在一定程度上，他们是在用音乐交流。

"妈妈在唱，爸爸在吹小号。但是，他们的眼睛一直目不转睛地盯着对方。我能感觉到他们有多么恩爱。等他们表演完了，人群不停地鼓掌，鼓了 5 分钟。这让我妈妈觉得不好意思。我能看出来，因为她一直摇头，不和任何人交流目光。

"'你会唱歌？'我记得，当她挨着我坐下时，我问她。她说，'我过去会唱，很久以前。'

"我记得，当我们观看剩下的表演时，我一直想着，关于我的父母，还有多少我不知道的事情。"

等罗素讲完了，我说："那是一种美好的记忆。"

"关于你父母在一起的情形，你有那样的记忆吗？"

我好好地想了一会儿："没有。没有像那样的。"

罗素没有做任何回应。于是，我担心，当我没有可以与他的记忆媲美的记忆时，他会不会对和我分享他美好的记忆感到不爽。我不想让他觉得不爽，于是我说："但是，有一天，我可能会对某个人说，我曾经和 NBA 最佳控球后卫罗素·艾伦一起仰望过星星，那时他还没出名呢。"

"我们别谈篮球，好吗？"罗素不说别的任何东西。这让我觉得，对他来说，谈论他的父母真的很难。

天空从海军蓝变成了黑色。接下来，突然有数百万颗星星在我们上方闪烁。罗素低声说："我觉得表演已经开始了。"

就好像某个人迅速打开了一个开关，因为此前稀稀疏疏的没几颗星星，现在则满天繁星，无穷无尽，仿佛一颗巨大的钻石在空中爆炸了。

"太美了！"我说，因为我以前从没看见过这样的东西。

"每当我觉得世界是丑陋的，觉得人生毫无意义时，我就提醒自己，就是这里，这里永远在等我，"罗素说，"无论发生了什么，我总是能仰望宇宙，仰望奇异的事物。当我仰望宇宙时，我觉得我的问题似乎微不足道。我不知道原因，但这总能让我觉得好点儿。"

　　"那就够了？"我问道，"仅仅仰望星星？"

　　"那就够了。"罗素说。

　　我盼着罗素开始说所有星座的名称，但他没说。

　　我们静静地躺在天空下面，看着所有那些针孔般的光。浩瀚的宇宙让我也感到渺小了。

　　我想知道艾琳今夜是否也坐在某个地方的某个屋顶上，仰望着星辰，想着我。

　　我想知道妈妈是否在上面的天堂里，或者只是在上面的某个地方。妈妈甚至也许在某一艘来世的太空船上，或者在某个东西上面，就像21号男孩曾经想象的那样。

　　"为什么你认为我们会相识？"我问道，"你认为我注定要帮你重返篮球？那是命运吗？"

　　"那是因为我的父母被吸毒者谋杀了。"他说，"如果我的父母还活着的话，我会在洛杉矶。除此之外，我不知道什么了。"

　　"但是，你不知怎么的就在这里了。"我小声说。

　　"你也是这样。"罗素小声地回答道。

　　我们整夜都静静地躺着，彼此紧挨着，仰望着那让人无法想象、令人震惊、令人敬畏的宇宙。我觉得，我俩谁都没睡一分钟。

39

我母亲被谋杀的忌日到了。就像往年，爸爸、爷爷和我在她的坟墓上放了花儿。她的墓石上镌刻着"凯茜·麦克曼纳斯"的字样。

6 月的阳光。

蓝蓝的天空。

墓地里再无别人。

站在那里，凝视着一排又一排的墓碑，感觉就好像世界上只剩下了我们三个人。

我极目望去，只见白色、灰色的墓碑在大地上画出一条条线，每座墓碑都带着一点儿信息。随着岁月流逝，名字也许是一种不错的证据，但不足以让你知道这些人到底是谁。我猜想，每座墓碑都有一个故事，其复杂程度正如我妈妈的故事那样。

就像过去每一年那样，我回忆起了绑架，想着促使妈妈去报警的那种勇气，希望我有机会更好地了解她。

在妈妈的坟墓前，爷爷坐在轮椅里和她说话，说自己是个有罪的笨蛋，一遍又一遍地致歉，哭了很久。

"等你有机会离开贝尔蒙特，"爸爸对我说，"抓住它。"

他紧绷着脸，眼角泛起皱纹。他盯着爷爷，流露出怪异的眼神，就好像他对那个老人爱恨交加。

　　"你听见我说的话了吗？"爸爸问道。

　　"听见了。"

　　我还是个小孩子的时候，我常常想，我们之所以去妈妈的墓地，是因为她以某种方式在那里，就好像我们和她的灵魂或者类似灵魂的什么东西在一起。现在，我意识到，我们应该离开，让爷爷忏悔。

　　我想知道我妈妈的事情。

　　这听起来可能有点儿傻，但我真正记得的一件事，是她喜欢绿色的救生圈形糖果。她把那种糖果叫作爱尔兰救生圈。她过去几乎每天都买一卷，使劲儿喂我吃，让我吃到还剩最后一颗，她来吃。

　　这是我们的小习惯。

　　我们会走到拐角的商店，去寻找她每天都买的绿色爱尔兰救生圈。

　　记住这件事很傻，但我能记住的就是这件事。

　　事实上，当我看到有人在吃救生圈糖，或者在商店里看到一卷，我总是变得非常紧张。我担心，如果我靠得太近地去看，就会发现绿色的救生圈不存在。我害怕也许我会意识到，我拥有的关于我母亲的唯一细节居然是我虚构的。如果是那样的话，我就彻底什么也不剩了。

也许，担心那样的事很傻，但那正是我自己，正是生活所赋予我的东西。

爸爸再也没说起过妈妈，从没。

爸爸再也不吃救生圈糖了，至少我从没见他吃过。

我们离开了公墓。在那天剩下的时间里，爸爸陪着爷爷。我一个人待在屋顶上，盼着艾琳从我卧室的窗户里爬上来，依偎在我身旁，就像她以前做的那样。她以前做了很多次。但是，艾琳没有出现。

40

在高中毕业典礼之前的那个早上，当我们在厨房里吃着鸡蛋和培根时，爷爷递给我一个普通的白色信封。

"这是什么？"

"打开它。"爸爸说。

我撕开信封，拽出了里面的东西。里面有一张票，票上印着"AMTRAK"[1]字样。

"AMTRAK？"我问道。

"那是一趟火车。你知道什么是火车，是吧？"爷爷问道。

"你们干吗给我一张火车票？"

"毕业礼物。"爸爸说。

"去哪儿？"

"看看票。"爷爷说。

"新罕布什尔？你们为何给我买一张去新罕布什尔的票？"

"不是我们买的。"爷爷说。

1　AMTRAK，指美国国家铁路客运公司。

"读读信。"爸爸说。

我打开那张纸，立即认出了艾琳的笔迹。我的心脏几乎要爆炸了，我开始淌汗。艾琳！我站起来，走进了客厅。

"你去哪儿？"爷爷说。我能听得出，他声音里带着笑。

芬利：

你不知道我有多么想你。你想象不出来，在过去的6个月里，我是多么想和你联系。那真是折磨。我希望你不要认为我不想让你回到医院。我没有办法，我做不了主。我确信，你现在已经想明白了这一点。

我无法在这封信里说太多，他们不让。

我目前在某个地方，它和贝尔蒙特很不一样，它很美。人们彼此都很和睦。在夜里，你独自一人也能在街上走。一切都很干净！你能在人行道上坐下来吃东西。那么多星星！到处是树！我有我自己的小公寓，如果你相信的话。虽然我不能打篮球了，但我已经在一个小文科学院注册了，预计秋天就开始上学。事情得到了处理。我在这封信里只能说这么多。对了，我现在叫凯蒂·雷迪。你喜欢这个名字吗？你能习惯它吗？

你想来和我一起生活吗？

我是认真的。就像他们说的，似乎你们家在那里仍然有一些朋友，因为它得到了照顾。

你不能告诉任何人你要去哪儿，你也得改了你的名字。我在想，我们喊你卢卡斯·威廉姆斯吧。怎么样？你喜欢吗？它叫起来朗朗上口，是吧？

我有的钱够我们过一种像样的生活。你可以向学院申请，谁知道呢？要不，你可以找个工作。

如果你来了，我会跟你解释所有情况。我希望你来。我爱你。请上火车吧。来了就行。请你相信我。

爱你的，

那个以前名叫艾琳的女朋友

我跑回了厨房，说："这是什么？这是真的吗？"

"这是一个离开这里、重新开始的机会，"爸爸说，"是一个摆脱、清除你家庭历史的机会，是一个生活的机会。"

"这封信从哪儿来的？"我问道。

"不要问那么多，"爷爷说，"这是真正的协议！一个真正的机会！没有附加条件。"

"我们怎样才能知道这不是陷阱呢？"

"陷阱？你看电影看多了？"爷爷说，"如果他们想害你，他们就会到屋子里来害你。他们不会给你买一张火车票，到新罕布什尔害你。"

"你们被迫做了什么，才达到了目的？"我问道。

"什么也没做，"爸爸说，"除了承诺守口如瓶。"

"我不傻。"我说。

爸爸和爷爷对视了一下。

"让我们这么说吧，"爷爷说，"对你小时候的遭遇，一些老伙计仍然耿耿于怀。但是，他们也尊重一个事实，那就是，在以前所有那些年里，每当警察来询问，我们都守口如瓶。有规矩，

235

但他们不都是恶棍。大多数家伙只要能帮忙，还是会帮的。"

"火车两个小时内就会离开，所以你现在必须做决定。"爸爸说，"如果你要走，就不能再回贝尔蒙特。永远不能。你将来和我们联系也要小心点儿。他们会向你解释规矩，而你别无选择，只能遵守每条规矩。"

"为什么？"

"这是条件。我们不能问为什么。"

我想起罗素说的关于无法知道为什么的话。

我隔着桌子，坐在爷爷和爸爸的对面。我注意到，他们在身体上惊人的相似。我想知道，他们是不是觉得我看上去和他们一样，只不过年轻一些。麦克曼纳斯祖孙三代人啊！

"这么说，我是靠黑帮的钱离开的？"我平静地问道。

"你要离开，"爷爷说，"你不会一辈子都有人照料。你不过是得到一张离开这里的票，得到了一个去某个地方开始一种较好生活的机会。"

我想了想这件事，还思考了道德问题。虽然那只是一点儿帮我重新安置的钱，但我真的想接受黑帮的钱吗？我能一个人生活吗？他们毕竟给我的家庭造成了伤害，我会因此而感激吗？

"如果我不走呢？"我说。

爸爸耸了耸肩："那你就去上社区学院，至少在贝尔蒙特再生活两年。你还可能永远失去你最好的朋友。这很可能是一次失不再来的机会。"

"罗德也会在那儿吗？坤恩夫妇呢？"

"不知道。"爷爷说。

我当然想见到艾琳，但我不知道我是否想见到其他人。一边是养育了我的两个男人，我唯一的家庭；一边是从小学起就不离我左右的女孩，我该怎么抉择呢？在贝尔蒙特和别的任何地方之间做抉择容易，因为我不想到头来在一座连排房屋里烂掉，酗酒至死。毫无疑问，我想离开这个镇子，但我又不想抛下爷爷和爸爸。

"你们觉得我应该怎么做？"

他们看着他们的手，泪如泉涌。他们已经决定我应该怎么做了，那就是他们给我那个信封的原因。但是，最终的决定还是要我一个人来做。

门铃响了。

"是罗素。"我说。

"什么都不要跟他说。"爸爸说。

我一边穿过客厅，一边掐着自己，以便确定我没在做梦。

等我打开门，罗素透过纱窗向里面凝视。他说："怎么了？"

"我今天不去上学了，"我说，"不去参加毕业典礼。"

"为什么不去？生病了？"

我不想对罗素撒谎，尤其是因为我知道，这可能是我最后一次和他说话了。

"出什么事儿了，伙计？"他说，"你没事儿吧？"

我想了想怎么说才会让他明白。等我想好了，我笑了："我刚得到了一张去霍格沃茨的票。"

"什么？"

"可能要乘火车去一个神奇的地方，那里比这里好多了。不要和任何非魔法界的人说，好不好？但是，我想让你知道，我一切都好。"

罗素眯着眼朝纱门里看了一会儿，然后回了我一个微笑，说："她终于和你联系了。"

"对你说的话，我既不证实，也不否认。"

"我搞不明白发生了什么情况，但我觉得我应该拥抱你一下。"

"那就抱吧。"我走到了房子外面。

罗素和我抱在一起。一个真正的拥抱，四臂相拥。我们紧紧地拥抱，一切尽在不言中。

"我永远也不能去看你，是吗？"罗素说。

"不知道。"

"好好照顾自己，芬利。我祝愿你拥有一个美丽的人生。"

"我也祝愿你拥有一个美丽的人生，拥有很多晴朗的星夜，创造几个大学篮球纪录。"我说。

罗素盯着我的眼睛，眼神与他初到贝尔蒙特时看我的眼神很像，就像他在用眼神和我交流。然后，他悲伤地笑笑，离开了。

我看着他大步走在街道上，看到他朝空中挥了几下拳头。我觉得那是表示他赞同我的决定，就像他为我感到高兴。于是，我返回了厨房。

"你要去赶火车吗？"爸爸说。

我害怕离开我的家庭。对我来说，除了贝尔蒙特，很难想到别的任何地方。这时候，我想起了我和罗素在乡间度过的那个晚上，想到了世界上还有其他地方，更好的地方。于是，我说："我真的想去看艾琳。"

爷爷点了点头，然后看着窗外。他闭上眼睛，拨着奶奶的玫瑰经念珠，开始念念有词。这让我感到惊讶，我以前从没看见过他祈祷。

爸爸和我上楼，去装我为数不多的东西。我把衣服、夹克和鞋子装进一个行李包，还从天花板上撕下了一些星星，也装了进去。我抓起了妈妈、爸爸和我以前照的带相框的照片。然后，我在车库里找到了我的篮球。这是因为，艾琳将来也许想投投篮。

爷爷和爸爸开车送我去了费城第三十大街车站。在去那里的路上，他们向我解释说，有个男人会在新泽布什尔与我相见，我不要问问题，什么都不要问。他会开车送我去艾琳那里，但他什么话也不会和我说。我会知道那个人是谁，因为他会称我为卢卡斯。

"这似乎很古怪，"我说，"我有点儿害怕了。"

"你不会出问题的。"爸爸说。

"你已经度过了你人生中最糟糕的阶段，"爷爷说，"去和艾琳在一起吧。她是个好女人，她爱你，是打开你幸福之门的钥匙。相信我。我懂，因为你祖母也是个好女人，甚至更好。现在，只要能和她在一起，我什么都愿意干。什么都愿意。"

我们在一个巨大的白色建筑外停了车。到处是小汽车，到处是出租车，到处是人。

"芬利，"就在我下车之前，爷爷说。我转过头，吃惊地看到老人在颤抖。"我很抱歉。"

"没事儿，爷爷。"

"你奶奶会想让你拥有这个的。"爷爷把他的玫瑰经念珠从脖子上摘下来，把胳膊朝我伸过来，让黑色的十字架正好悬在我的面前，"也许它会给你带来好运。"

"我不能拿这个。"我甚至不知道玫瑰经是什么意思，不知道哪些祈祷文和哪些珠子相配。再说了，自从奶奶去世，它们就挂在爷爷的脖子上，或缠在爷爷的手上。

"拿着，芬利。把它戴在你的脖子上，挂在衬衫下面。如果你一辈子只戴它一天，就今天戴吧。然后，等时候到了，把它传给你的孩子。"

我戴上念珠，打开后车门，去拥抱爷爷。当他的脸颊擦着我的脸颊的时候，他的脸颊湿了。

爸爸拎着我的包和篮球。我跟着他走进了那幢建筑。我们通过一个看上去像美食广场的地方，进了一个漂亮的房间。房间里有高高的天花板和巨大的柱子。这让我想起了一点儿富兰克林学院。在那里，我看了关于星星和修复哈勃太空望远镜的 IMAX 电影。我记得，当 21 号男孩看到航天飞机时，他失常了，然后离开了。我记得，我想跟着他，但没有得到批准。

爸爸和我在一块牌子上查看了发车时间。那块牌子变换着数字，发出嘀嗒嘀嗒的声音。

"那是你的火车。"爸爸说，用手指着。

我们走向右边的楼梯，我手里拿着我的车票和艾琳的信。

"我真的觉得像是去霍格沃茨。"我说。

"霍格沃茨是什么？"

"没事儿。"我突然希望我跟爸爸说过霍格沃茨，但这不是时候，也许我会给他邮寄一本。

"我很抱歉我没能给你一个比较好的童年，芬利。"

爸爸的眼皮现在也在颤抖，并且是当着所有陌生人的面。我真的不希望他哭。如果他哭了，我可能就无法上车了。

"爸爸。"我只喊了一声，就再也说不出话了。

"无论你什么时候想念我们，如果你想念我们……"

"我肯定会的……"

"想想你的老爸在凌晨3点收费，你没腿的爷爷整天喝酒，还垫着尿布。去给你自己赢得一种比较好的生活吧。为了让你和艾琳过上好日子，该做什么就做什么。爱尔兰人背井离乡去寻找更好的生活，寻找了很多很多年，我们非常擅长这个。因此，去让爱尔兰人自豪吧。"

我拥抱了爸爸，开始感觉到事情的终结，感觉眼泪要夺眶而出。

但是，就在这时，队列移动了，到了上车的时候了。

"艾琳会告诉你用什么方式和我们联系最好，但不要担心我们，好不好？"爸爸说，"做个好男人。"

"爱你，爸爸。"

"我们也爱你。"爸爸把手插进了我的口袋。但是，还没等我查看他放进去了什么，他就把我的包和篮球递给了我，检票员也要求我出示车票。然后，我就下到楼梯的一半了。我转过脸去看爸爸，他哭了，站在上面挥手告别。

站台上充满了又热又黏的空气。我惊奇地发现，我的车是空调车。

看到别人把包裹放进了座位上面的架子上，我也照着做了，然后就坐了下来。

我的心脏怦怦地跳个不停。

我以前从没上过火车。

我想知道我会不会在旅途中结识一些朋友，就像哈利·波特那样。我开始四下张望，但我看到的全是疲倦、看上去脾气暴躁的成年人。

我坐在座位上，重读了艾琳的信，试着去对未来抱有希望。我想知道，新罕布什尔是不是像观星者乐园那样美。就是贝尔蒙特，艾琳也能让它变得还说得过去，无论是过去还是现在。于是，我闭上眼睛，开始想象她的脸。

火车颠簸着前行，我们出了第三十大街车站。

一个戴着特制火车帽的女人过来查我的票。这有点儿搞笑。

我看着费城。接下来，有很多我不知道名字的城镇闪过了我在车窗里的映像。

肯定发生了很多事情，才让我上了火车。想到这儿，我感觉仿佛有人正在我的脑袋里踢腾。然后，突然之间，我想到了罗素和我在树林里的观景台上看到的那些遥远的星辰。在大部分的时间里，我们真的理解不了"为什么"。这是实情。

我把手伸进我的口袋，从里面掏出 5 张 100 美元的票子。那比我曾经攥在手里的钱多，很可能是爸爸毕生的积蓄。我想，没了我，爸爸和爷爷会生活得多么孤单。谁将在浴室里帮爷爷，把他放到床上？我以前为什么没想到呢？他们喜欢艾琳和我在他们身边。家里现在会过于安静了。爷爷甚至有可能会喝更多的酒。我开始对离开感到内疚，甚至可能会哭。我抓住了衬衫，我祖母的十字架四端扎进了我的手掌。

"你去哪儿？"走道那边的一个女人问。她是一位大块头的女士，穿着一条紫色连衣裙，戴着一顶与裙子般配的小帽子。

"新罕布什尔。"我说。说完，我才想起，我曾经受过告诫，不要把我的目的地告诉任何人。

"那儿的乡间很美。"

"希望是这样。"

"第一次去？"

"是的，女士。"

"你要去打篮球？"她一边说，一边看着我的球。我的球在座位上放着，紧挨着我。

"我希望这样，和我女朋友一起。"

"你肯定希望很多事情。"

我冲她笑了笑。

"有希望，错不了。"她说。然后，望向她那边的窗外。

突然，我明白了究竟发生了什么。所有东西都在我的胸腔里旋转着。我已经开始思念爷爷和爸爸了。在这一刻，我的思绪很难停下来。生活居然能这么快地发生变化。也许，罗素初到贝尔蒙特时就是这样的感受？难怪他发明了 21 号男孩。

我不想在火车上哭泣，于是我闭上眼睛，想象我和艾琳打对抗的情景。在我们家后院里，我们又成了小孩子，默默地在那个可以调整的老篮筐上投篮。

那是美好的形象，但我强迫自己的头脑去看未来，去想象我抵达新罕布什尔后，会发生什么。

这需要一些想象力，但我最终看到了我和艾琳打"H.O.R.S.E."比赛[1]的情景。那时，太阳落到树木后面，星星刺透了上面一望无际的天空。我看到我们挽着手，随着岁月的流逝慢慢老去。我甚至看到了我们在一个美好的街区里养儿育女。在那里，他们不用担心我们不得不担心的东西。我还看到我和艾琳在一个新的屋顶上接吻，上面同样是未知的、浩瀚的宇宙。总之，我们的日子过得还不错。

1　H.O.R.S.E. 是一种篮球游戏，两个人就能玩，先按顺序集齐 H、O、R、S、E 这 5 个字母的人获胜。

致谢辞

在创作过程中，有很多人帮助、启发了我。对他们，我全都心存感激。在一定程度上，《21号男孩》最终是在下面这些人手上完成的，他们的责任重大。他们是：道格·斯图尔特，以及斯特令·洛德·李特里斯特克有限公司的全体工作人员；阿尔维纳·令、康妮·胡苏、贝瑟妮·斯特劳特、艾玛·莱德贝特、埃姆斯·奥尼尔，以及在利托、布朗工作的所有人；梅根，迈克和凯利，妈妈和爸爸，巴伯和比格，皮特叔叔，大H和丁克；罗兰德·麦鲁洛、伊万·詹姆斯·罗素克斯；马克·威尔西；雷恩·阿尔塔穆拉博士和凯特·克兰斯顿；比尔和莫·罗达；蒂姆和贝斯·雷沃斯；简·沃特兹；瓦利·韦赫特；加拿大人司各特·考德威尔；秘鲁人司各特·哈姆福德；黑泽尔·利亚；利兹·简森；萨拉·扎尔；戴夫·塔瓦尼；肯特·格林和厄尼·拉克曼（亦称祖母绿制作）；拉尔斯和德瑞

245

亚（洛杉矶汽车！）；司各特·沃诺克；杜鲁·乔吉；最重要的，是我的妻子、精神治疗师、第一读者、编辑、啦啦队长、我一生的爱、缪斯、最好的朋友艾丽西亚·贝赛特（亦称艾尔）。